密愛監察

Hotaru Himekawa
妃川螢

CHARADE BUNKO

Illustration

汞りょう

CONTENTS

密愛監察

1

手にした万年筆を折れんばかりに握りしめ、見城《けんじょう》は目の前のふてぶてしい男を睨《にら》み据える。

「鳴海《なるみ》刑事！」

今日という今日は、この男の性根を叩《たた》きなおしてくれる……！　と意気込んで呼び出したはずなのに、気づけばいつものパターン。

監察に呼び出され苦言を呈されているというのに、検挙率ナンバーワンを誇る、インテリきどりの問題児は怯《ひる》みもしない。それどころか、秀麗な眉《まゆ》を吊《つ》り上げる見城の怒りの相貌《そうぼう》を楽しげに観察している。

「そんなに大きな声で怒鳴らなくても、聞こえていますよ、監察官殿」

腕組みをして、長い足を持て余し気味に組んで、横柄な態度。階級は見城のほうが上なのに、だ。

まったく悪びれない口調で飄々《ひょうひょう》と返されて、これでも懸命にこらえていた見城の堪忍袋の緒が、とうとうブチ切れた。

「事件を解決しても、その過程に問題があっては本末転倒です！　日本において囮《おとり》捜査が許されているのは麻薬取締官のみだと、知らないわけではないでしょう⁉」

思わず、万年筆を手にしたまま、ダンッとデスクを殴りつけてしまう。その騒音に、「おやおや」という顔をしてみせるものの、鳴海の態度は変わらない。

「もちろん存じ上げておりますとも」

違法捜査を咎《とが》められているというのに反省の色もなく、フレームレスの眼鏡《めがね》の奥では、切れ長の目が愉快そうに細められている。その揶揄《やゆ》の混じった挑発に、のったら負けだとわかっていながら、ついつい声を荒らげてしまう。

「だったら……！」

どうして毎度毎度呼び出しを食らうような捜査ばかりするのか。

今回は、禁じられている囮捜査だった。身分を偽って事件絡みの店に潜入し、関係者と接触を図った上、半ば罠《わな》に嵌《は》めるかたちで容疑者を逮捕するというやり口だ。

前回呼び出したときは、逮捕状も出ていないのに出たと嘘《うそ》をついて犯人を逮捕した一件だった。そうして、まんまと国外逃亡を図ろうとした犯人を空港で足止めし、拘束してしまったのだ。その時点で逮捕状は発行されていて、それを持った部下が直後に空港に駆けつけたからよかったものの、マスコミに嗅《か》ぎつけられでもしたら、懲戒ものだ。

「犯人検挙にかける情熱は買います。ですが、もう少しやり方というものが――」

「見城監察官」

ふいに身を乗り出した鳴海に、言葉の先を遮るように名を呼ばれて、見城は声をつまらせる。

「……な、なんです？」

スッと何かが自分に向かって伸びてくるのに気づいて上体を引いた。頬《ほお》に温かなものが触れてやっと、それが鳴海の手であることに気づく。

「ちょ……鳴海刑事⁉」

頬に、指先が軽く触れている。

いったい何を…と、固まっていたら、男の端正な口許《くちもと》が、ニッと吊り上がった。

「怒ってばかりいると、せっかくの綺麗《きれい》な顔が台無しですよ」

そして、頬から顎《あご》のラインを撫《な》でるように指を滑らせてくる。ピクリと眉を跳ね上げた見城は、それを乱暴に振り払った。

「誰が怒らせていると……！」

ピキッと音がしそうな勢いでこめかみに青筋を立てつつも、男の胸倉に手が伸びそうになるのをぐっとこらえる。

見城の肩が憤りに震えていることくらい承知だろうに、鳴海はひょいっと両手を天に向け

て肩を竦《すく》め、

「自分、ですね」

まるで他人事《ひとごと》のような言い草で返してくる始末。監察官である自分の前でこんなふざけた態度をとるのはこの男だけだ。

自分の下す査定によっては、窓際人事さえありうるというのに。普通は誰《だれ》だって、青褪《あおざ》めた神妙な顔で、こちらの質問や苦言に耳を傾けるものなのに。

「わかっているのなら、いいかげんに――」

「いいかげんに？」

「……っ」

ぐうっと喉《のど》を鳴らして、見城はまたも言葉を呑《の》み込んだ。ずいっと身を乗り出してきた鳴海の顔が、目の前にある。

「決定的な証拠が必要だったんですよ。でないと送検したところで、証拠不十分で不起訴にされかねない」

「だからといって、何をしてもいいことにはなりません」

「ヤツは十年前の事件にも関《かか》わっていた。この十年、逃げおおせていたんですよ。同じ失態は許されないのでは？」

「当然です。ですが、ルールを守れなければ、組織人たる資格はありません。いかに成績がよかろうと――」

「本気でそう思ってます？　見城監察官？」

「……っ！」

間近に絡んだ視線を外せないまま、永遠に嚙《か》み合うことのないやりとりをかわして、やはり言葉をなくしたのは見城のほうだった。

事件の概要は把握している。鳴海が、今度こそ逃がしてなるものかと、懸命に事件を追っていたこともわかっている。

それでも、ルールはルール。許されないものは許されない。

長年手配されていた犯人が逮捕できたから、今回も訓告だけで放免していいと上から言われているものの、あまりに目に余れば、より厳しく処分せざるを得なくなる。こんなふざけた男でも、鳴海が優秀な刑事であることに違いはなく、捜査一課の戦力を削ぐまいと、見城なりに気を揉《も》んでいるというのに。

「この先も第一線で事件を追いたいのなら、少しは――」

少しは保身も考えろ、と忠告しようとして、またも言葉を奪われる。今度は、鳴海の指が見城の唇を撫でていた。

「鳴海警部補！」

今度こそ抑えきれず、反射的に手が出ていた。――が、見城の白い手が鳴海の頰を捉《とら》える前に、大きな手に手首を捕られてしまった。

「……っ」

引こうとしたら、強い力で阻まれて、含みのある眼差《まなざ》しを真っ正面から受けとめざるを得なくなる。

そして、ぐっと奥歯を噛み、唇を引き結んだ見城の耳に、案の定と言えば案の定の、しかし想像の範疇《はんちゅう》を超える言葉が届いた。

「新しいの、撮影しません？」

「な……!?」

ニンマリと、鳴海の口角が上がる。黙っていればストイックにも見えるインテリ然とした男が眼鏡の奥に隠しているのは、危険度第一級の牡《おす》の素顔だ。

驚きに声を失う見城の顔を、実に楽しそうにうかがいながら、鳴海は芝居じみた言葉を紡ぐ。あきらかに、この場を逃れるための茶化した発言だとわかっていながら、サラリと受け流すことができないのは、見城のほうがどうにも弱い立場にあるからだ。

「コレクション、増やしたいんですよね」

言いながら、鳴海が携帯電話を取り出し、二つ折りのそれを、これ見よがしに開けたり閉じたりしてみせる。

「……！　ま、まだ捨ててな……」

NF 256

「捨てるなんて、そんなもったいない。ストイックなキャリア殿のイケナイ場面を激写したとっておきですよ。永久保存版です」

そして、見せつけるように胸ポケットにしまった。

「……っ、あ、あれは……っ」

摑《つか》まれていた腕を振り払い、思わず腰を上げて、しかしそれ以上動けない。

下から悠然と見上げる揶揄の眼差しと睨み合うことしばし、見城はぐっと唇を噛みしめ、上げた腰をどっかりと戻した。そして、屈辱の言葉を口にする。

「話は以上です。以後注意するように。退出して結構ですよ、鳴海刑事」

それこそ芝居がかったセリフを口早に紡いで、デスクに転がった万年筆を取り上げ、ぐっと握る。向かいに座る男の口許が勝ち誇った笑みに歪《ゆが》むのがわかって、見城は声を荒らげた。

「鳴海刑事!」

出て行け!　と言いたいのをこらえ、拳《こぶし》を震わせつつそれだけ言い放つ。すると鳴海は、ふてぶてしい態度とはうらはらの優雅さで腰を上げ、一礼した。

「お手数をおかけいたしました。以後注意いたします」

顔を上げ、眼鏡のブリッジを押し上げる。その口許には、揶揄のこもった笑み。

その背がドアの向こうに消える。

パタン…と、硬質な音。

深呼吸を繰り返すこと五回。

ゆっくりと腰を上げた見城は、鳴海が座っていた椅子《いす》の傍らに歩み寄ると、おもむろにそれを蹴倒《けたお》した。


殺人犯を追いかけている刑事だけが、警察職員ではない。

一般企業同様、総務部もあれば給与を扱う部署もある。広報課のなかには音楽隊もあるし、運転免許試験場で働いているのも警察職員だ。

もちろん、人事を担う部署もある。

警務部人事第一課及び第二課がそれで、人事二課では主に、警部補以下の階級にある警察官や一般職員の人事や昇任昇職を扱っている。

では一課はというと、主に警部以上の階級の警察官や一般職員について二課同様の人事を扱っているのだが、ここにはさらに重要な、そして特別な部門が置かれている。

監察。

その名のとおり監督査察などを担う役職で、警察組織内部の不祥事の調査や、服務規定違反などの取り締まり及び監視、さらには会計監査にも口をはさめる権限を与えられた、いってみれば警察のなかの警察、といった存在だ。

犯罪を取り締まる立場にあるはずの警察官が犯罪を犯していないか、犯罪捜査の過程で間違いを犯していないか。

ときには、ギャンブルに溺《おぼ》れて多額の借金を背負っていたり女性関係に問題を抱えていたり、公僕として国民に顔向けできない状況に陥っていないかなどといった、かなりプライベートに踏み込んだ事柄まで調査する。

刑事がギャンブルに溺れて借金を背負えば、それを利用しようと考える悪党がかならず出てくる。借金で首がまわらなくなった刑事は悪魔の囁《ささや》きに屈して、金と引き換えに捜査情報を流してしまうかもしれない。応酬薬物や銃器の横流しといった、本来あってはならない事態も起こりうる。

そうした不祥事を未然に防ぐために、職員の借金状況から近親者の信仰宗教に至るまで、ありとあらゆる情報を収集し、職員の動向に目を光らせているのが監察だ。

ゆえに、同僚職員たちからも好かれる立場ではなく……いや、嫌われる立場にあると、ハッキリ言ってしまっても語弊はないだろう。

だが、国民の安全を担う警察組織だからこそ、より厳しく律する必要がある。

警察官であろうがなかろうが、犯罪として罰せられる罪状を取り締まるのはもちろんのこと、捜査の過程においても、終わりよければすべてよし、というわけにはいかない。

たとえそれが、犠牲者のため、その遺族のため、犯罪を許さない正義感ゆえに暴走した結果だったとしても、懲罰人事を申し渡さなくてはならない場合もある。

監察から呼び出しがかかるのは、たいていは懲戒か受賞のどちらかだ。不祥事を起こして罰せられるか、もしくは警視総監賞などの勲功か、いずれか。そうでなければ、懲戒が申し渡される前の尋問か。

だから誰しもが、神妙な顔で出頭してくる。

かたちばかりの尋問だと、端《はな》から高を括《くく》ってやってくる者など、見城の知る限り、ひとりきりだ。


ウンザリと溜息《ためいき》をつきつつ、自分のデスクに腰を落ち着ける。そのタイミングを見計らったように部屋のドアがノックされ、部下である監察調査官のひとりが、調査書類を手に見城の前に立った。

「鳴海刑事は相変わらずのようですね」

上司の疲れた顔をうかがって、そんなふうに切り出す。

彼のほうが年上だが、階級では見城のほうが上だから、慇懃になりすぎない程度の言葉遣いで歳《とし》若い上司を気遣ってくれるベテランに、見城はいつも助けられている。

「あんな問題児が捜査一課のエースだなんて、一課長はどういう部下教育をなさっているのだか」

今回の件は、表向き鳴海の独断と暴走ということになってはいるが、実際は違うと見城にもわかっている。

一課長も、許されることではないとわかっていて、それでも部下の好きにさせているのだ。何かあったときには自分も責任を取らざるを得なくなることも覚悟の上だと考えれば、上司としてアッパレとも言えるが、たまのことならともかく、こう毎度となると感心してもいられない。

「あれだけの検挙率を誇る凄腕《すごうで》ですから、大目に見ざるを得ないのでしょう。捜査で関わった水商売の女性とのよからぬ噂《うわさ》があったり、情報源を飼っているんじゃないかなんて話もいまだに聞きますが、以前の調査では結局何も出ませんでしたしね」

信奉者が多い反面、妬《ねた》みも嫉《そね》みも買っているから、そういったよからぬ噂も立つのだろうと、数多くの監察をこなしてきたベテラン調査官は言う。

「男の嫉妬《しっと》は見苦しいな」

「むくつけき大男ならともかく、あのビジュアルでは……捜査の最前線は体育会系ですからしかたありません。彼もそれは承知の上でしょう」

検挙率ナンバーワンの上に色男とくれば、ひがむ輩《やから》も出てきて、火のないところに煙も立てられる、ということらしい。民間の会社で営業成績を競っているのならともかく、市民の安全を守る警察官に、そんなくだらない感情に振りまわされている暇などないというのに。嘆かわしいことだ。

「今回も訓告だけでという通達が上からあったんですよね？」

「ええ」

かたちばかりの監察は、犯人が逮捕されているがゆえ。厳しく罰してしまえば、一課長のみならず、場合によっては刑事部長にまで累が及ぶ。それでも、他職員の手前、鳴海だけ特別だと思わせるわけにはいかないからという理由で、もしくはマスコミに漏れたときに言い訳が立つように、かたちだけ呼び出して厳重注意を与える。その役目が、毎回見城にまわってくるのだ。

自己保身に走る面々には嫌気が差すが、かといって優秀な刑事が懲戒を食らっている間にひとつの事件が迷宮入りしても困る。だからといって、違反をおおっぴらに見逃すわけにはいかないし、見城としてもつらい立場なのだ。

「お疲れのところ申し訳ありませんが、こちらに目を通していただけますでしょうか」

大きな溜息をつく見城に、部下は小さく笑いながら書類を差し出してくる。

「ああ……例の暴行の一件ですね」

取り調べの最中に、頭に血が昇って容疑者を殴りつけてしまった刑事の処遇を決めるための調査。上は隠匿したかったようだが、怒った容疑者が弁護士に訴えたために公にせざるを得なくなって、監察にお鉢がまわってきた案件だ。

「どうやら容疑者がかなりふてぶてしい輩だったようで、同情の余地がなきにしもあらずなのですが、さすがにこれはやりすぎです」

刑事が殴ったのは、罪を罪と認識していない愉快犯。そんな輩でも、日本の法律では弁護士をつけ己の権利を主張することが許されているのだ。

「全治二週間ですか……暴行罪で訴えられなかっただけマシだったと思わざるを得ませんね」

溜息をつきつつ、提出された書類をめくる。表沙汰《おもてざた》にはなったものの、一応示談で話はついている。とはいえ、今後の裁判にいくらかの影響が出てくることは間違いない。

「わかりました。通達は私から直接しましょう」

処分を決めて、それを本人に通達するのは、監察官の役目だ。彼ら監察調査官は、あくまでも監察官ではない。

「よろしくお願いいたします。あと、鳴海刑事のほうは、どうなさいますか？」

かたちだけでも書類の体裁を整えるのかと訊《き》かれ、しばしの逡巡《しゅんじゅん》ののち、見城は首を横に振った。

「次に、どうにも見逃せない事態が生じたときには、そのときこそ処分を受けていただきましょう」

見城個人としては、今すぐにでも懲罰を申し渡したいところだが、それが私的な理由に裏打ちされた感情であると自覚があるだけに、慎重になってしまう。上からの通達どおりに動いているにもかかわらず、どうにも敗北感が否めないのはそのためだ。

見城のそんな内心の葛藤《かっとう》などあずかり知らぬ部下は、「わかりました」と頷《うなず》いて、一礼を残し、背を向けた。

鳴海も、容疑者を殴った刑事も、犯罪を憎む気持ちは同じだろうに。

要領よく生き抜くことのできる者と、運やタイミングの悪い者との差、だろうか。

理不尽にも思えるが、上から命じられるままにパフォーマンスでしかない監察を行っている自分に何を言う資格がないのも事実で、見城には、唇を嚙み秀眉《しゅうび》を顰《ひそ》めるくらいしかできることはない。

「……あれさえなければ、認めてもいいのに」

何もない頬を、手の甲でぐいっと拭《ぬぐ》う。そうしたら、鳴海の指先が触れた感触が余計呼び起こされてしまって、見城は眦《まなじり》が熱くなるのを感じた。

「あんな……」

触れられた唇は乾いている。それを舐《な》めるのを、躊躇《ためら》う自分。

鳴海の見城への態度は、ただお堅い監察官を茶化しているだけでも、ましてやプライドを挫《くじ》くためのセクハラでもない。

あれは、言うなれば脅迫だ。見城の監察を阻み、自分の捜査活動をやりやすくするための、卑劣な脅迫。

けれど、そもそもその理由をつくってしまったのは自分だから、見城には何も言うことができない。鳴海を呼び出すたびに揶揄《からか》われ、羞恥《しゅうち》と憤りに震えることになっても、誰に相談することもできないでいる。

――『まさか監察《プロ》の尾行だとは思わなかったもので』

飄々と言い放たれて、返す言葉も見つけられなかった、あれは、監察官を拝命して間もないころのこと。

「尾行が下手くそで悪かったなっ」

「くそ…っ」などと、らしくない汚い言葉で毒づいてしまうほどに、それは、キャリアとして警察庁に入って以降、着々と出世の階段を上りづづけてきた見城志人《ゆきと》にとって、はじめて経験した挫折《ざせつ》であり、これ以上ない屈辱の記憶だ。尾行に気づかれたのみならず、ほとんど抵抗できないままに、辱めを受けたのだから。

それでも、鳴海が本当に卑劣な男だったら、こんなに悩む必要などなかった。そうではないから、困るのだ。

いっそのこと、ぐうの音も出ないほどの、あの余裕綽々《しゃくしゃく》の顔が歪むほどの、ヘマをやらかせばいいのになんてことまで、最近では考える始末。

そのときは、ほかの誰でもない自分が処分を言い渡してくれる！　と拳を握りしめるものの、そんな日がとうぶんこないだろうことも、悔しいことに理解している見城だった。

2

ふざけた刑事がいたものだ、というのが鳴海廉《なるみれん》の人事情報を閲覧したときの、見城《けんじょう》の第一印象だった。

抜群の検挙率を誇る捜査一課のエースだろうとも、あまりにも無茶苦茶すぎる。素行不良一歩手前とでもいうのか、困難な事件を独自の捜査で確実に解決へと導くものの、その過程に問題がありすぎた。

監察に伝わっている経緯だけでも眉を顰めたくなるありさまなのだから、現場はいったいぜんたいどんな状況にあるのか、捜査の現場経験などない見城には想像もつかない。

本人いわく「捜査上必要だった」「ああしなければ犯人を取り逃がしていた」とのことらしいが、それを言いはじめたら、服務規程などあってなきがごとし。なんでもありになってしまうではないか。それでは組織は成り立たない。

監察官を拝命して、意気揚々と初仕事に挑んだ見城の前に、いきなり立ち塞《ふさ》がった鳴海廉という厄介な案件。誰もが手を焼く問題児を、この自分が矯正してくれる、と見城が意気込んだのはいうまでもない。

素行調査のために職員を尾行したりといった実務は主に監察調査官の仕事であって、それをまとめる立場にある見城が、直接出向く必要性などどこにもなかった。

だが見城は、自分がやると言って聞かなかった。

現場を知らなければ、上に立って指示などできない。調査がうまく進まなかった場合に、なぜできないのかと部下にはっぱをかけようにも、説得力に欠ける。

デスクに座って判子を押しているだけのキャリアになるのは、見城の本意ではなかった。それに何より、親の七光と侮られるのが嫌だった。

見城の父は警察庁の幹部で、同期に先んじて警視に昇進を果たしたのはそのためだと、直接言う者はいないにせよ、噂されているのはわかっていた。だから、父は関係ないのだと、自力で証明したいと思ったのだ。

どうせ鳴海の監察は、いつもなおざりに行われるばかりで、誰も率先してやろうとはしない。多忙な調査官たちは、結局無駄に終わる監察のために、わざわざ時間を割こうとはしない。だったら、自分がやっても問題はないはずだと、見城は主張した。

現場好きな厄介なキャリアが配属されてきたものだと、誰しも思ったに違いない。一応かたちばかり止めはしたものの、見城が強く言えば、それ以上煩くは言わなかった。

地取りや聞き込みに駆けずりまわる鳴海を、捜査の邪魔にならないように注意しながら、できる限り追いかけ、勤務状況をチェックした。

庁舎から自宅までの道程を尾行し、不審な点はないか目を光らせた。飲み屋に立ち寄れば自分も少し離れた席に陣取り、コンビニに立ち寄れば雑誌コーナーで立ち読み客のふりをし、自宅近くの公園のベンチで野良《のら》猫と戯れる鳴海の様子を木陰からうかがいもした。

気づかれるはずがないと思っていた。

自分自身、気づかれるようなヘマをした覚えはなかったし、鳴海が背後を気にかけることもなかった。

よもや初日からバレバレで、しかも執拗《しつよう》につけまわした自分の行動を、あんなふうに誤解されるなんて、考えてもみないことだった。

見城は知らなかったのだ。

妙に真面目《まじめ》で無駄に正義感が強くて現場が大好きな困ったキャリアが監察に配属されてきたらしいと、刑事部にまで噂が広まっていたことを。

そのキャリアが、自分に目をつけて尾行していることにすぐに気づいた鳴海が、キャリアはキャリアらしくデスクワークをしていてもらわなければ面倒だからと、「少々お灸《きゅう》を据えておくか」と何日目かに思い至り、そのチャンスをうかがっていたことも。

おめでたい自分は、素行調査はうまく運んでいると思い込み、繁華街で水商売の女性に囲まれる姿──本当に囲まれていただけで実際にはなんら疚《やま》しいことはなかった──や、暴力団員と思《おぼ》しき男と親しげに話している姿──なんてことはない捜査の一貫だった──を目撃して、やはり噂どおりの問題児だと、ひとり勝手に納得していたほど。

そんな自分の愚かしい姿を鳴海がどんな目でうかがっていたのか、気づけたときには、後悔してもしてもしきれない状況に追い込まれていた。


その日、事件解決にともない捜査本部が解散して、一課の捜査員たちは晴れやかな顔で退庁していった。

鳴海も、ほかの捜査員同様、いつもより早い時間に帰途につき、飲み屋にもコンビニにも立ち寄ることなく、まっすぐに自宅への道筋を辿《たど》っていた。

さすがに疲れているのだろうと、事件を解決に導いた立役者に心中でひっそりと賞賛と労《ねぎら》いの言葉を贈りつつも、それとこれとは別問題だと己に言い聞かせながら、見城はいつもどおり尾行をつづけた。

鳴海の自宅まであと少し。

この角を曲がったところで、鳴海が自宅に入るのを見届けたら、今日の調査は終了だ。

あと少しの緊張感を懸命に維持していたとき。

見城が、ホッと胸を撫で下ろしかけた、まさにそのときだ。

角からそっと様子をうかがった見城の視界が、黒い影におおわれたのは。

「やあ」

上から降ってきた軽い口調ながらも甘い声に、見城はピキンッと凍りついた。

「こんばんは」

「……こ、こんばん…は」

見上げた先には、人事書類に添付された証明写真で、飽きるほどに見たインテリ然とした二枚目顔。硬質な印象を与える眼鏡の奥で、切れ長の目が愉快そうに細められている。

尾行に気づかれたのかと、焦ることすらできないほどに、一瞬にして頭が真っ白になっていた。

まったく思考がまわらない。状況が摑めない。どういうわけか、尾行していたはずの相手が目の前にいて、自分に微笑《ほほえ》みかけている。

「何かお気に召す発見はあったかな？」

「……え？」

なんのお話でしょうかと、誤魔化すこともできず、見城は男の顔を凝視するよりない。

「この間からずっとつけてたよね？　いつ手紙を渡してくれるのか、いつプレゼントをもらえるのか、って、楽しみに待ってたんだけど」

「………は?」

当初から尾行に気づかれていたことにショックを受ける以上に、後半の発言の意味を理解しかねて、白い瞼《まぶた》を瞬《またた》いた。お堅い優等生的な印象を与える見城の相貌が、瞳《ひとみ》が見開かれたことによって幼さを帯びる。

そんな見城の二の腕を摑み、逃げられなくして、鳴海はふっと口許を緩めた。

「仕事が一段落ついて時間ができたら、声をかけてみようかと思っていたんだ。こんなに熱烈な視線を注がれたのははじめてだからね。——おいで」

「……へ?」

ぐいぐい引っ張られて、鳴海の自宅に連れ込まれる。

彼がひとり暮らしであることは承知だ。数年前に相次いで両親が他界して、それ以降常に留守がちなこの家に寄りつく者がほとんどないことも。

「あ、あの……っ、ちょ……」

躊躇う間もなく玄関に引き上げられ、慌てて靴を脱いだのは、そんな細かなことを気にする余裕があったわけではなく、身についた習慣的なものだった。

階段を上った記憶もないまま連れ込まれた先は、客間でもリビングでもなく、男の自室と思しき部屋。

二間を繋《つな》いだほどの広さのあるそこは、一辺にはデスクを囲むように書棚が並び、対角の一辺にはクローゼットらしき扉と、その手前に大きなベッド。

綺麗に張られたシーツに乱れはなく、薄手のブランケットは足元に畳んで積まれている。その様子が、ここしばらく捜査本部に泊まり込んでいた鳴海が、ずっと帰宅していなかったことを告げていた。

「おとなしそうな顔をして、大胆なことをするね。どこかで会ったことがあったかな？　君みたいな可愛《かわい》い子と会っていたら、絶対に忘れないと思うんだけど」

慇懃《いんぎん》な口調で軽薄な言葉を紡ぎつつ、鳴海は見城の頭のてっぺんから爪先《つまさき》までを舐めるように見やる。

居心地《いごこち》悪さを感じて本能的に身を引こうとすると、腕を摑む手に力が加えられ、引き寄せられると同時に、腰にスルリと腕がまわされた。

混乱のあまり、鳴海の発する言葉の意味を理解しようと懸命に思考を巡らせるだけで精一杯で、しかもそれすらまともにできなくて、このとき見城は、ほぼ完全にフリーズ状態に陥っていた。

どうやら自分は、不測の事態に弱いらしい。そんなことにいまさら気づけたところで意味はない。摑まれた腕を振り解《ほど》くことも、腰にまわされた腕を払うことも、できはしないのだから。

頬を強張《こわば》らせたまま呆然《ぼうぜん》と見上げていたら、クスッと笑みが落ちてくる。

「ああ、そんな顔しないで。怯《おび》えなくていい。君くらい可愛かったら、性別なんて気にしないから」

「はぁ？」

客観的に見て見城の容姿は、「可愛い」などと形容される系統のものではない。

艶《つや》やかな黒髪と涼やかな目元、手足の長い細身の肢体に平均値をクリアした身長。育ちのよさを感じさせる清廉な風貌は母譲りのもので、悔しいかな女顔の自覚はあるが、決して小柄なほうではないから、どちらかと言えば「綺麗」と形容される面立ちだ。

そんな思考にとらわれる見城は、そもそも反応のし場所を間違えていた。

先の鳴海の発言の場合、気に留めるべきは「可愛い」と形容されたことではなく、そのあと。性別は気にするべきだろうと、意味深な発言の意図を早々に察すべきだったのに、その違和感に気づけなかったのだ。

「それに、ヤるだけなら、男同士のほうが快楽がわかりやすくて気持ちいいしね」

そんな不埒《ふらち》な言葉を、眼鏡を外しながら言われてはじめて、この密着度と腰に腕がまわされている意味に気づく。

それから、鳴海のインテリ然とした印象を決定づけているのが、本人が本来持つ性質を隠すために身につけている眼鏡の、硬質なイメージによるものであることも。

「きみは？　男しかダメなの？　それとも両刀？」

「……!?」

あまりにもあまりな問いを投げかけられて、罵声も失い、目を剝《む》く。

だが、目の前に突如現れた光景に驚愕するあまり、抵抗を忘れた。

外した眼鏡を胸ポケットに差し、セットしている髪を乱した鳴海は、まるで別人だった。

悪い男の素顔を曝《さら》した似非《えせ》インテリは、隠し持っていた牙《きば》を剝き出し爪《つめ》を磨ぎはじめる。

獲物は目の前の自分。

言い訳も状況説明もいまさら。見城の脳味噌《のうみそ》は逃げろと告げている。だが、その伝令が四肢に伝わりきる前に、見城の身体《からだ》はここしばらく使われていなかったと思しき大きなベッドに、引き倒されていた。

「気持ちいいこと、しようか」

耳朶《じだ》をくすぐる甘い声。

そこに滲《にじ》むのが揶揄だろうが牡の欲だろうが、もはや関係ない。

「……!?」

懸命に言葉を発しようとした唇は、温かい何かに塞がれた。それによって、ピキンッと凍りついた四肢は動かない。

シュルリと、衣擦《きぬず》れの音がして、ネクタイを抜かれたのだと気づく。

空気の冷たさを感じるのは、ワイシャツの前をはだけられたからだろうか。

思考は存外とクリアで、状況も把握できているのに、身体が動かない。それこそがまさしくパニックの症状なのだが、過去に経験がない以上、気づけるわけもない。

舌先で唇をくすぐられて、反射的に綻《ほころ》ばせてしまう。そこから滑り込んできた舌が歯列を舐めて、そのさらに奥までの侵入を許してしまった。

「……んんっ！」

ビクリと、身体が強張る。なのに四肢の硬直は解けなくて、ベッドの上に転がっているよりない。

だが、口蓋《こうがい》をくすぐる舌の動きが濃密さを増していって、口づけが深まり、そこにそれまで見城が経験したことのない淫《みだ》らさが加わるに至って、ようやく四肢の硬直は解けたものの、今度は別の意味で身体が動かなくなってしまう。

全身が痺《しび》れたように蕩《とろ》けて、思考がボーッとしはじめ、自分が何をするべきなのかはもちろん、今現在どういう状況に追い込まれているのかさえ、わからなくなってしまったのだ。

クチュッと濡《ぬ》れた音を立てて、見城の口腔《こうこう》内を傍若無人に蠢《うごめ》いていた舌が抜かれる。

薄く開かれたまま閉じることを忘れてしまった唇の端から滴った唾液《だえき》を、男の指に拭われた。

ぼやけた視界には、口許に笑みを刻んだ鳴海の顔。髪が乱されているからか、鳴海だとわかっているはずなのに、現実感がない。

「感じやすいんだな。キスだけで、こんなになってる」

「……っ！　や…ぁ、あっ！」

いつの間にベルトを寛《くつろ》げられていたのか。大きな手が差し込まれて、下着の上から兆した欲望を摩《さす》られ、細い腰がビクリと戦慄《わなな》く。ジワ…ッと、薄い布に染みが広がって、それを揶揄するように、指を這《は》わされた。

「あ……」

自分が何をしてしまったのか、真っ白だった思考が突如働きを取り戻して、ハッとしたのも束《つか》の間《ま》、今度は薄い布をかいくぐってきた大きな手に、濡れそぼつ欲望を直接握られて、掠《かす》れた悲鳴が迸《ほとばし》る。

「あぁ……っ！」

脳髄を焼く羞恥と、それを凌駕する快感。

経験が浅いがゆえに染まりやすく流されやすかった見城の肉体は、目の前に突如突きつけられた快楽に溺れることを選択した。

スーツを乱され、露《あら》わにされた白い肌の上を滑る唇。肌を吸われるたびにビクビクと細腰が跳ね、鳴海の手に握られた欲望の先端から蜜《みつ》が滴る。自慰では得られない濃厚すぎる快感に、見城の思考は停滞し、ただ無心に快楽を追うのみ。

だから、いつの間にそんなものを用意されたのか、後孔にジェルをまとった指が侵入してきたときも、それまでに施された快感を引き出す行為の数々に思考が完全に停止していて、なんだろうと思いはしたものの、それだけだった。

「や…ぁ、な…に、……あぁっ！」

異物感に喘《あえ》いで身体に力が入り、埋め込まれたものをきゅうっと締めつけてしまったときには、鳴海の指はすでになかほどまで挿入されたあとで、いまさら引くことはかなわなくなっていた。

使われたジェルが体温で蕩けて、そこからジクジクと疼《うず》くような感覚が広がりはじめる。埋め込まれた指を小刻みに動かされると、ゾワリ…と背がそそけ立って、全身を震わせる喜悦に、身体の力が抜けた。そのタイミングを待っていたかのように奥深くまで探られて、快感のポイントを刺激される。そうなったらもう、男の身体はどうにもならない。目の前の快楽しか見えなくなる。

「ひ……っ、あ…ぁ、は……っ」

後孔を弄《いじ》られることで生まれる悦楽は、それまでの拙《つたな》い経験から知る快楽とは比べようもなく濃厚だった。

埋め込まれた指に内部の一点を刺激されると、抗《あらが》いがたい快感に襲われる。込み上げるものをこらえようと手を伸ばす間もなく、あっけなく追い上げられて、見城は一際高い声とともに、濃い蜜を吐き出していた。

「い…や、あぁ……っ！」

ビクビクと細腰が跳ね、うねる内部が埋め込まれた指をしめつける。すると、荒い呼吸も整わないうちから、またも潤んだ内壁を擦《こす》られて、見城は悲鳴を上げた。達したばかりだというのに、その場所を刺激されると、際限なく身体が昂《たかぶ》りはじめる。

「う…そ、やめ……っ、ひ…うっ」

過剰な快楽は、苦痛にしかならない。

ただただ翻弄《ほんろう》されるばかりの見城は、ぎゅっと瞼を瞑《つぶ》って、すがるようにシーツを握りしめ、襲いくる快感に頭《かぶり》を振って身悶《みもだ》えるのみ。そんな自分の姿を、とうの鳴海がどんな目で見つめていたのかなんて、考える余裕はかけらもなかった。

休む間も与えられず再び悦楽の頂に追い込まれた見城は、掠れた声を上げて、今度は薄い蜜を迸らせる。ぐったりと弛緩した肉体は、乱れたシーツに沈み込んだ。

すぎた快楽が、見城の意識を霞《かす》ませた。

その上に落とされた自嘲《じちょう》気味な呟《つぶや》き。

「やりすぎたか……」

うしろを弄られただけで意識を飛ばしてしまった見城がいかに行為に慣れていないか、察した男が、汗の浮いた白い肌の感触を味わうように掌《てのひら》を這わせながら嘯《うそぶ》く。

「だがまぁ、一度痛い目を見ておかないと、この手のお坊ちゃまは暴走しがちで厄介だからな」

悪く思わないでくれよ…と、額に唇を寄せ、ちょっと揶揄うだけのつもりが結構本気になってしまった事実を、男は即席の心の棚に上げてなかったことにした。

見城が意識を取り戻したのは、それから間もなく。だから、鳴海のひとりごとなど、当然聞いてはいなかった。

ぼやけていた視界が焦点を結んで、最初に捉えたのは、見下ろす二枚目顔。

自分の置かれた状況をすぐには理解できなくて、見城は涙に濡れて重くなった瞼を瞬いた。

すると、男の手が伸びてきて、親指の腹で濡れた唇をなぞられる。それからはだけられたままの胸元に大きな手が這わされて、見城はハッと目を見開いた。

「な……っ⁉」

自分の恰好《かっこう》に気づいて、慌ててワイシャツの前を掻《か》き合わせ、呆然と鳴海を見やる。

すると鳴海は、スーツのジャケットを剝《は》ぎ取られたときに落ちたらしい見城の身分証明を取り上げて、そこに記載された名前と階級を確認し、ニッと口角を上げた。

「あなたが噂の見城監察官でしたか。よもや監察《プロ》の尾行だとは思いもしなかったもので、自分に気があるのかと勘違いしてしまいました」

見城の尾行が拙《つたな》かったのがそもそもいけないのだと平然と言われて、愕然《がくぜん》と目を瞠《みは》った。

「ふ……ふざ、け……た……っ」

ふざけたことを……っ！　と、怒鳴ろうとした口は、ふいに伸びてきた手に頤《おとがい》をとられ、軽く顔を上げさせられて、親指の腹で下唇をなぞられることで阻まれる。

「あんな熱い視線を注がれて、その気にならない男がいるとでも？　こっそり背後をうかがってみれば、こんな可愛らしい方が必死の形相で追いかけてくるんですから。それも毎日のように。誤解するなと言われても困りますよ」

飄々と芝居がかったセリフを口にする。カッとして、その手をはたき落とし、見城は声を荒らげた。

「……⁉　わ、私は男だ……！」

その程度のことで、なぜそんな誤解ができるのかと怒鳴れば、

「だから、自分はどっちもOKなんですよ。食指を動かされる相手ならね」

男でも女でも関係ないのだと、見城がはたいた手の甲を、たいして痛くもないだろうにこれみよがしに摩りながら返された。

「節操なし……！」

なんてことを平然と言うのかと咎めれば、ククククッとたまりかねたように笑われる。

「またまた。あれだけ乱れておいて、何をおっしゃいますやら」

「……っ！」

わざとらしく茶化した言葉と口調で、ありえない指摘をされて、今度こそ絶句した。カァァ…ッ！と、爪先から頭のてっぺんまで一気に血が昇る。

酸素不足の池の鯉《こい》のように口をパクパクさせていたら、再び頤をとられた。今度もはたき落とそうとしたら阻まれて、見城の白い手が大きな手に包まれる。掌をくすぐるように長い指が這わされて、ゾクリとした感覚が首筋を震わせた。

「後ろをちょっと弄っただけで意識を飛ばしてしまうなんて、感度がよすぎますね。開発され尽くしてるとしか思えない」

「そ、そんなこと……！」

ジワジワといたぶられ、それでも懸命に言葉を返す。するとその言葉尻《ことばじり》をとられ、さらに追いつめられてしまった。

「あるわけがないと？」

「あたりまえだ！　私は何も……」

「はじめてだったんですか？　そりゃもっとすごい」

「……！」

ここまできてはじめて、まともに取り合う必要などない会話だったことに気づかされた。片眉を上げ、肩を竦めて、鳴海はその端正な口許に、似合わないニンマリと厭《いや》らしい笑みを浮かべる。そして、見城の紅潮した頬を、指の背でそっと撫でた。

「き、きさま……私を揶揄っているだろう⁉」

その手を払いのけ、二度と捕まらぬようにベッドの上をあとずさりながら叫ぶ。だがにじり寄られて、ベッドヘッドに背が当たり、これ以上逃げようがなくなった。

「いいがかりはやめてください。自分の指一本に乱れまくって、よがって啼《な》いて、目の前で三回もイってみせてくださったのは、あなたでしょう？」

「な……っ」

「可愛かったですよ。——警視殿」

間近に囁きを落としてくる意地悪い声と、揶揄を滲ませた瞳。眼鏡を外し髪を下ろした鳴海は、色事に長《た》けた性質《たち》の悪さで、見城をこれでもかと翻弄する。

「つづき、します？」

耳朶に掠れた声で囁かれるに至って、見城はとうとうブチ切れた。

「……！　バカにするのもいいかげんにしろ……！」

どこに当たったところでかまわない勢いで手を振り上げ、男の頭を殴りつける。手ごたえがあったのを確認してベッドを下り、乱された着衣をなんとか見られる程度になおして、ネクタイとスーツのジャケット、それから身分証明を拾い上げた。

駆けだそうとして、足を止め、背後を振り返る。

ベッドに腰かけて、ニヤニヤとこちらをうかがっていた色男は、おや？　という顔で見城を見た。

「鳴海廉警部補、あなたの勤務態度には問題が多々見られます。近日中に呼び出しがかかることを覚悟しておいてください」

それは、見城なりの仕返しのつもりだった。

だが鳴海は、驚くでも焦るでもなく、ニヤけた笑みを口許に浮かべたまま、その言葉を受け取った。

その余裕綽々の態度に負けん気を刺激されつつも、万が一次に襲われたら防ぎようがないと己に言い訳をして、見城は身を翻す。その背に、ククク ッと愉快そうな笑いが届いた気がしたけれど、聞こえなかったことにした。

自分にあんなことをしたくらいなのだから、陰で何をしているか知れない。とんでもない男だ。証拠を固めて、絶対に懲罰を言い渡してくれる。

強い決意を胸に、鳴海の家を飛び出して、通りでタクシーを拾い、帰宅した。

だが、本当に問題だったのは、このあと。

それによって見城は、以後の監察業務に多大な弊害をこうむることになる。——対鳴海限定で。

自宅に帰りつき、自室のドアを閉めたタイミングを見計らったかのように携帯電話がメールの着信を告げて、ディスプレイに表示された見知らぬアドレスを訝《いぶか》りながらもそれを開いた見城は、添付された画像に目を剝いた。

「……！」

数センチ四方の小さな画面いっぱいに表示されたのは、あられもない姿で横たわる自分。つい一時間ほど前の、鳴海のベッドの上で散々乱された状態の自分の姿が、写し出されていた。

途端、カァ…ッ！　と頭に血が昇る。

意識を飛ばしていた隙《すき》に撮影されたのだろう。はだけられた胸元と、その上でツンと存在を主張する胸の飾りと、その近くまで飛び散った白濁。そして、ずり下げられた下着から覗く、蜜に汚れた性器と淡い叢《くさむら》。全裸のほうがよほど厭らしくないだろうと思わされる乱され方をした己の姿に、見城は言葉を失った。

慌ててメールを閉じ、一覧から削除する。

だが、こちらの姿が見えているのかと問いたくなるタイミングで、直後にまたメールを受信して、ビクリと肩を揺らした。

恐る恐るそれを開けば、今度は違う角度から撮られた写真が添付されていた。メール本文には「好奇心もほどほどに」と書かれている。

「……あ、あいつ……っ」

このときになってやっと、はじめから全部気づいていて、自分の素性も知っていて、何もかも物慣れない自分を揶揄うための鳴海の芝居だったのだと、気づかされた。

新しくやってきた監察官が面倒なことをはじめたものだと、すぐに尾行に気づいた鳴海は思ったのだろう。できもしないのに…と。おとなしくデスクワークをしていればいいものを…と。

だから、見城に灸を据えるために、煩い口を閉じさせるために、あんなことをしたのだ。

この写真を――脅すネタを仕入れるために。

「〰〰〰っ」

バカにして……！　と心中で毒づき、二通目のメールも削除した。どうせまた送られてくるのだろうが、残しておきたくなどない。

感度がいいと、気持ちよかったのだろう？　と、揶揄われた声が鼓膜に蘇《よみがえ》ってきて、羞恥と屈辱に震えた。

――『つづき、します？』

そこで首を縦に振るバカなどいるものか……！

閉じた携帯電話を握りしめ、今に見ていろと奥歯を噛みしめ唇を引き結ぶ。

だがこのあと、見城の決意はことごとく空回りをつづけ、やがては鳴海が問題を起こすたびに呼び出し、あの調子で躱《かわ》され、見城が拳を握りしめ歯軋《はぎし》りする羽目に陥る、というパターンが構築されるに至る。

それでも鳴海は、有能な刑事だ。悔しいことにも、自分はそれを理解している。

——だからこそ口煩くもなるというのにっ。

悪びれない男は、見城の忠告など聞こうともしない。

一度大失敗をやらかして、懲罰を食らえばいいのに！　と、見城が歯軋りしても、それはしかたのないことと言えるだろう。

3

午前中に鳴海《なるみ》の呼び出しを終え、それだけで一日分の気力と体力を使い果たした気持ちでぐったりとしながら、それでも午後の業務に備えて庁内の食堂で昼食のきつねうどんを啜《すす》ってデスクに戻った見城《けんじょう》を呼び出したのは、首席監察官だった。監察部署のトップに立つ人物だ。

「この案件だが、彼には辞職してもらうことになった」

デスクの前に立つ見城に一通の書類を差し出し、それをトンと指先で叩く。その書類には見覚えがあった。少し前に見城が担当した監察だ。

遺失物として届けられた財布の中身や貴金属を着服していた交番勤務の警察官の処遇に関するもの。窃盗罪に問い懲戒免職に処するのが妥当とした見城の監察に、上から物言いがついた、ということだ。

「それは……揉み消せ、ということですか？」

納得のいかない顔で上司を見やれば、いかにも官僚然とした男は、口許に薄い笑みを浮かべて、まだ若い監察官の顔をうかがう。

「言葉は選びたまえ、見城くん」

穏やかながらも逆らえない口調で咎められて、見城は口を閉じた。

「彼は、上司の説得に応じて罪を認めて辞職した、ということだ。もちろん窃盗の罪は償うことになる」

懲戒免職となると、その直属上司のみならず管轄部署長にまで累が及ぶ。責任を問われることがなくても、マイナス点となり、出世に影響が出る。だから、免職ではなく辞職扱いにしたいのだ。

たとえば、刑事が暴力団員と癒着していたといったような、もっと大きな案件なら――罪に大も小もないと見城自身は思っているが、現実に重罪とされるものと軽犯罪とされるものとがある――警察は厳正な態度で処罰を実施していると世間にパフォーマンスするために、まるで見せしめのような懲罰が下される場合もあるというのに……。

だが、見城は組織人だ。それから外れて生きていける人間だとも思わないし、真実を歪めることで丸くおさまる場面があることも知っている。それでも理不尽さが拭えないのは、自分がまだ若いからだろうか。

「君にはお父上という強力な後ろ盾がある。上に行く人間は、もっと利口にならなくてはいけないよ。いずれ君は、このデスクに座ることになるのだろうからね。その先にあるのは長官房だ」

そう言って、首席監察官は自分のデスクを指先でトントンと叩く。

組織には、派閥もあれば思わぬ事態で足を引っ張られることもあるから、順調に出世したとして見城が目の前のデスクに座れる確率がどれほどのものか、今はまだわからない。全国の監察官のトップである、長官官房首席監察官まで昇りつめることが可能かどうかもわからない。だが上司は、見城の背景まで見据えた上で、彼いわく〝利口な〟発言をする。

「……っ、……はい」

胸糞悪《むなくそ》さを感じながらも、見城は背筋を正し、頷いてみせる。一監察官でしかない自分には、まだそうする以外に手立てがないと知っているからだ。

「こちらの案件はそのように処理します。――失礼させていただきます」

慇懃に一礼し、監察トップに与えられた無駄に広い部屋を出る。

モヤモヤしたものを抱えてデスクに戻った見城を待っていたのは、いかにも厄介そうな、捜査二課の刑事が自殺をはかったらしいという、部下からの報告だった。


「自殺？」

「そう断定されたそうです」

見城が首席監察官に呼ばれている間に入ってきた、今現在知りうる限りの情報を、部下は端的に報告する。

刑事部捜査二課に所属するまだ若い刑事が、捜査途中に立ち寄ったビルの屋上から投身自殺をはかった。病院に搬送される前に、彼は息を引き取ったという。

遺書は見つかっていないものの、靴が脱ぎ揃《そろ》えられていたところから、自殺とすでに断定されたらしい。

妙に早いな…と感じた。だが、その判断を下すのは自分の仕事ではないから、訝ったところで意味はない。

「自殺するような問題を抱えていたんですか？」

借金か家庭の問題か職場の人間関係か、もしくは仕事上のトラブルを抱えていたのだろうか。監察が所持しているデータのなかに、理由らしいものはあったのかと尋ねると、部下は首を横に振った。

「いえ、とくに問題らしい問題は見受けられませんでした」

借金を抱えていた様子もない。独身だから家庭の問題も考えにくい。女性関係の特記事項もなかった。

「まったくのプライベートな問題ということも考えられますが……どんな人となりだったの

でしょう？」

「監察対象に名が上がったこともありませんし、これまでの実績から見ても、優秀な人材だったようです。父親も刑事で、定年まで勤め上げる前に病死していますが、人格者で知られていたと聞き及んでおります」

「お父上も、ですか……」

奇妙な感慨にとらわれて、視線を落とす。

そこへノックの音が響いて、見城が応じるより早く、ドアが外から開かれた。大股《おおまた》に踏み込んできたのは鳴海。

「鳴海刑事？」

監察で呼び出したわけでもないのに、いったいどうしたのか。わざわざ自分から監察官のもとへやってくる職員など、まずいない。

すると鳴海は、見城の傍らに控える監察調査官をチラリと一瞥《いちべつ》して、それから見城の前に進み出る。

「石倉《いしくら》のことで訊きたいことがあってきました」

第三者の前だから、階級なり、立場なりの態度をとる。こういう真面目な顔を向けられたのは、もしかしたらはじめてに近いかもしれない。凶悪犯罪に立ち向かっているとき、彼はいつもこんな顔をしているのだろうか。

「石倉？」

鳴海の口から発せられたのは、たった今話をしていた、自殺した二課の刑事の名だった。

だが、その名がどうして鳴海の口から出てくるのか。そんなことを訝っていたら、もっと奇妙な問いが放たれる。

「自殺理由を、監察はどう見ておいでですか？」

一刑事から一監察官へ、通常なされる質問ではない。

「……なぜそれをあなたにお話しする必要が？」

理由を問う以前に、そんなこと、訊かれても答えられるはずがない。

すると鳴海は、「自分は十代のころからあいつを知っています」と、訪ねてきた理由を口にした。

「石倉は真面目な刑事でした。自分が知る限り自殺する要因は見当たりません」

悩んでいるそぶりはなかった。賭《か》けごとや女に溺れるタイプでもない。

だが、監察には、一般には知り得ない情報も集まってくる。それを管理する見城の目で見て問題はなかったかと、鳴海は訊いているのだ。

仕事を離れても知り合いだったというのなら、知りたい気持ちもわかる。だが見城には、何も言えない。

口を噤《つぐ》むよりない見城の反応を見て、鳴海は眼鏡の奥の眼差しを鋭くする。そして、傍らに控えていた監察調査官に、席を外してほしいと申し出た。

どうしたものかと迷うそぶりを見せる彼に、見城が頷く。心配そうに眉を顰めながらも、彼は上司の言葉に従った。

ドアの閉まる音を聞いて、それから鳴海はデスクをまわり込み、見城の背後、大きなガラス窓の前に立つ。しばし都会の風景を眺めて、それから椅子に腰を下ろしたまま、かける言葉を探していた見城を振り返った。ガラス窓に背をあずけて、腕を組む。

「俺は、自殺だとは思ってない」

鳴海の口調が変わった。

「……え?」

見城は、怪訝《けげん》な顔で、いつになく厳しい表情を向ける鳴海をうかがった。

「自殺理由が見当たらない」

「それは……」

なぜ自殺したのか、近しい人間の口から「わからない」「ありえない」といった否定の言葉が聞かれることはままある。だが結局のところ、本人にしかわからないことだ。遺書が発見されれば話は別だろうが。

「あなたの知らない何かがあったのかもしれません」

「……気になる情報があるのか?」

「そういう意味ではなくて……」

何か知っているのなら話せといわんばかりに問い返されて、見城は大きな溜息をつく。

「真面目一途《いちず》と評判の人物が、莫大な借金を抱えていることもあります。愛妻家で知られる人が愛人を囲っていることだって……」

「あいつはそんな人間じゃない」

言葉の先を遮るように言われて、見城はきつい眼差しで鳴海を見上げた。

「検挙率ナンバーワンを誇る、一課のエースとは思えない発言ですね。石倉刑事とどういうご関係かは存じませんが、先入観にとらわれて、冷静さをなくしているとしか思えません」

ムッとさせられて返した言葉ではあったが、真理だと自負があった。言われた鳴海は、眼鏡の奥でわずかに目を瞠って、それから小さな苦笑を零《こぼ》した。

「警視殿に諫《いさ》められる日がこようとは」

そんなふうに言われて、見城は滑《なめ》らかな眉間《みけん》に皺《しわ》を刻みつつ「それはこちらのセリフです」とやり返した。

「あなたのそんな真剣な顔を拝める日がくるとは思ってもみませんでした」

言われた鳴海はククッと愉快そうに笑って、くいっと眼鏡のブリッジを押し上げる。

「自分はいつもふざけてますか？」

「検挙率ナンバーワンと言われたところで、私は私にセクハラまがいのことをしているあなたしか存じませんので」

思わず言ってしまって、即座に失言だったとハッとする。「ふうん？」と意味深に口角を上げた鳴海は、ガラス窓にあずけていた背を起こし、見城におおいかぶさるようにデスクに手をついた。

「な、鳴海刑事……っ」

椅子に腰かけたまま、デスクを背に囲い込まれて、逃げ場をなくす。今日こそ揶揄われてなるものかと、キッと睨み上げると、いつもの、見城がよく知る、飄々とした顔がごくごく近くにあった。

「まぁいい。情報が入ったら教えてくれ」

「そんなことできるはずが……」

「できるだろ？　監察官殿」

「……！」

頬と頬が触れるか触れないか、ギリギリの距離に顔を近づけられ、耳朶に囁きを落とされて、見城は身体を強張らせた。

見城を囲い込むために、両腕の檻《おり》に閉じ込めるようにデスクに置かれていた鳴海の手が、見城の首筋を撫で上げる。

「ちょ……っ、やめてくださいっ」

懸命に広い胸板を押しのけると、存外あっさりと鳴海の身体は退《ど》いた。だが、片方の手はデスクについたまま、見城を見下ろしている。

「あ、なたは……！　私をなんだと……っ」

反射的に口にしかけた言葉を、見城は皆まで言いきる前に呑み込んだ。ふいっと顔を背けて、違う問いを口にする。

「そもそもなぜ私に……」

疑問があるのなら、担当した部署や鑑識、場合によっては監察医に直接言うなり尋ねるなりすればいいことではないか。そう問うと、鳴海は小さく溜息をつく。

「一課の刑事が二課の問題に口をはさむなと言われたもので。二課というところは閉鎖的なんですよ」

石倉刑事の自殺の件を尋ねに行ったら門前払いを食わされ、引き下がっても埒《らち》が明かなくて、たぶん放っておいても情報が届くだろう見城のところへやってきたのだと言う。

「扱っている事件が事件なんです。当然でしょう」

刑事部捜査二課が扱うのは、知能犯や贈収賄、詐欺、横領や背任などといった、経済犯罪及び企業犯罪だ。選挙違反や紙幣の偽造なども二課の担当で、政界との繋がりも深い。一部では、捜査過程で政治家の弱みを握ることになるために、二課長職だけは叩き上げのノンキャリアではなく絶対的にキャリアのポストなのだとまで言われている。

本来はまったく逆の意味でキャリアがそのポストにつくことになっているのだが――キャリアは出世の過程で全国を点々と渡り歩く場合が多く、選挙違反などの地域密着型の犯罪を暴く部署においては、在任期間が短いために癒着などしている暇がない、という理屈だ――出世や政界への転身、天下り先の確保といった、キャリアならではの癒着が見られると指摘するジャーナリストがいるのだ。

だが、現実的に出世が早かったりその後政界に足を踏み入れたりといった先達が存在しているからこそ、そういった疑惑も取り沙汰されるわけで、それが事実なのかたまたまそういう傾向にあるだけなのか、見城は知らない。いずれ知る立場になるのかもしれないが、そのとき自分がどうするかは、まだわからない。

とにもかくにも、捜査二課というところは、担当する犯罪の守備範囲が広い上に、複雑だったり世相を強く反映するものだったりすることが多く、捜査情報の取り扱いには慎重だ。

そもそも、警察組織というのは縦割りで、縄張り意識が異常に強い。捜査員の自殺という、騒がれないわけのない事態に他課の人間が口をはさんできたとなれば、二課員が警戒心を露わにするのも当然だろう。

だがそんなことは、見城に言われるまでもなく鳴海も重々承知の上。

「そんなわけで、警視殿に頼るしかないんですよ」

いつものやり方で、大きな手に頤をとられる。

「勝手に頼られても困ります。出せない情報は出せません」

手を振り払っても無駄だと思い、言葉でのみ返す。すると鳴海は、「そんなことを言ってもいいんですか?」と、確認するように親指で見城の唇を撫でてきた。

「……っ、今度ばかりは、その手は……っ」

自分に関わることや、鳴海本人のことならまだしも、第三者の情報はなんと言われても出せない。こればかりは監察官としての職務倫理上、何を言われても、どう脅されてもダメだと訴えたが、いつもどおり受け流された。

「よろしく、警視殿」

何かわかったら知らせてくれと言い置いて、ポンポンと見城の肩を軽く叩き、片手をヒラヒラと振って背を向けてしまう。

「……! ふざけないで……待ちなさい! 鳴海刑事!」

どう言われてもダメだと再度噛みつく前に、鳴海の姿はドアの向こうへ消えてしまう。

「待……っ」

伸ばした手は、空《むな》しく宙を掻き、ややあってデスクに落ちた。大きな溜息をついて、椅子に腰を戻す。

「——ったく、あれくらい強引で横暴じゃなきゃ、一課のエースは務まらないとでも?」

背もたれに身体を沈め、天井を仰いで、額に手をやる。今一度大きく息を吐き出して、見城は長い睫《まつげ》を瞬いた。

――どうしてあんなに……。

はじめて目にした、たぶん事件を追っているときと変わらないだろう、鳴海の顔。怖いくらいに真剣なそれが、見城の胸に疑念を生む。理由も聞かず突っぱねたけれど、本当にそれでよかったのだろうか、と。

身体を起こし、デスクの上のパソコンを操作して、件《くだん》の刑事の人事データを引き出す。

経歴に家族構成、担当した事件の履歴など……。

部下の言葉どおり、とくに気になる点は見当たらない。自殺する要素がないと言いきる鳴海の気持ちもわからなくはない。

だが、たとえば借金に関する情報は、警察職員のためにある金融機関からの借り入れについては情報が揃っているが、民間から借りているぶんまで、すべて把握しきれているわけではない。

なぜ職員専用の金融機関があるのかといえば、ほかの金融機関と繋がりを持たないようにするためだ。捜査員の場合はとくに、民間から借り入れがあると、さまざまな不都合が生じる場合もある。

同時に、専用の機関であれば情報把握が容易だから、職員たちの借り入れ状況等を常時監視することで、金銭授与に絡む犯罪に手を染める者がいないかを、事前にチェックすることができる。

　ということはつまり、民間の銀行やそれ以外——サラ金などから借り入れがあった場合、調査しなければ実態はわからない、ということだ。

　人事データに添付された、まだ若い刑事の顔写真を眺めることしばし、見城は部下を呼び出し調査を命じた。

　だが、数日後。

　見城のもとに調査報告が届くより早く、自殺と断定するに足る証拠が出たという情報が伝わってきた。その時点で、見城が命じた調査は白紙撤回せざるを得なくなる。

　見城は捜査員ではない。だから、犯罪捜査のイロハなどわからない。それでもなぜか奇妙な違和感にとらわれて、届けられた資料を凝視する。

　鳴海の言葉を聞いたために、それこそ先入観にとらわれているのだろうか。見城には判断がつかなかった。


　所轄署勤務時代から、凶悪犯罪に関わること十年あまり。鳴海の刑事としての嗅覚が、犯罪の匂《にお》いを嗅ぎつけていた。

「強請られていただって？　ふざけたことを……っ」

鑑識経由で相棒の閤田《ごうだ》が仕入れてきた情報は、あまりにも根拠として弱いもので、鳴海は苦笑を禁じえない。

捜査二課に所属していた刑事の自殺。だが鳴海は、自殺ではなく他殺だと考えている。自殺したとされる石倉とは古い付き合いで、彼の中学生当時からを知る鳴海には、納得できないことだらけだ。だというのに二課は、前途ある若い刑事の死を、自殺としてさっさと片づけようとしている。まるで汚いものに蓋《ふた》をするかのように。

「証拠は銀行の出入金記録だけだもんなぁ。強請りのネタもはっきりしてねぇし」

鑑識に所属している情人――数いるセフレのひとりらしい――から、鳴海のために情報を仕入れてきた閤田は、缶コーヒー片手に出入金記録のコピーをめくりながら唸《うな》った。

たしかに、定期的に一定額が引き出されてはいるが、その金が何に使われたかなんて、わかるはずがない。生活費や家賃に使ったことだって考えられる。

だというのに、その金額が一度に引き出すには大きいからという理由だけで、強請られ、金を脅し取られていて、生きているのが嫌になったのだろうと決めつけるなんて、これが一課が担当する殺人事件の捜査だったらありえないことだ。

「あるわけないからな、そんなもの」

あの生真面目な青年に限って、強請られるなんてことはありえない。万が一、そんな事態に陥れば、かならず自分に相談してくれただろうし、脅迫に屈することなく刑事として正しい処理をしたはずだ。

そう、こちらも缶コーヒーを口に運びながら苦々しく吐き出せば、そろそろ長い付き合いになる相棒は、一見飄々とした顔は崩さないまま、眼差しだけを厳しくした。

「らしくねぇぞ。おまえが石倉を可愛がってたのは知ってるがな。短絡思考は真実を見誤らせる」

そして、飲み干した缶をダストボックスに放る。

「おまえに言われるまでもない」

手痛い指摘ならとっくに受けたと肩を竦めれば、

「誰に……って訊くのは野暮《やぼ》か」

闇田は片眉を聳《そび》やかして、ニヤリと口許を歪めた。「おとなしそうな顔して、監察官殿はなかなかキツイな」と喉を鳴らして笑う。

見城に呼び出されるたびに、どんなやりとりがふたりの間にかわされているのか、鳴海が闇田に話したことはないが、察しのいい男は何かしら勘づいているようだ。

「そのキツイ監察官殿を、つついてくるしかなさそうだな」

「死んだ人間のやってたことなんて、監察はスルーだろ？　マスコミへの発表に必要なだけのものがありゃいいんだから」

「普通はな」

「ふ――ん…。なんだかんだ言って買ってるよな。はじめは、困ったお坊ちゃんだって言ってたくせして」

相棒の突っ込みにはあえて返さず、缶に残ったコーヒーを飲み干す。

鳴海の沈黙をどう受け取ったのか、闇田は茶化した言葉を交えながらも、鳴海自身も決して失念しているわけではない指摘を返してきた。

「余計なことを喋《しゃべ》ると、首突っ込んでこないか？　存外と気骨があるからなぁ、あのお坊ちゃん。おまえのイジメにも健気《けなげ》に耐えてるし」

情報を聞き出すのとひきかえに、余計な情報を与えてしまう危険性がある。その可能性は考慮に入れていると返すかわりに、その話題については意図的にスルーして、闇田が茶化して加えた、ついでの話題にだけ言葉を返した。

「誰が苛《いじ》めてる？」

「気に入ってるんだろう？　自覚がないのか？　小学生並みだな」

好きな相手を苛めたくなるのは男の本能ではないかと言われて、鳴海はついつい自嘲気味に笑ってしまった。

「自覚はあるさ。でも苛めてはいない。可愛がってるんだ」

「だったら、もう少しわかりやすくしてやらねぇと、いざとなったときに逃げられるぞ」

ああいうタイプに冗談は通じないと言われて、

「忠告はありがたく受け取っておこう」

あくまで本心は悟らせず、サラリと受け流した。

「受け取るだけじゃ意味ねぇんだがな」

やれやれだ…と嘆く相棒に、「同時に何人もと付き合っているようなやつには何も言われたくないな」とやり返して、その場に背を向けようとしたとき、ふたりの携帯電話が、ほぼ同時に鳴りはじめる。

同僚刑事からの、殺人事件発生を知らせる着信だった。ふたりは示し合わせたように、駐車場に向かって駆けだす。

「ゆっくり調べている時間は取れそうにないな」

石倉の件は、捜査の隙間を見つけて調べるよりなさそうだ。そう毒づく鳴海の肩を、闇田が宥《なだ》めるように叩く。

そんなふたりがさる場面を目撃したのは、この数日後のこと。殺人事件の捜査途中のことだった。それによって鳴海はある確信を得る。

「捜査の一貫だろう……でスルーできる雰囲気じゃないな」

傍らの闇田が、低く唸った。

聞き込みのために立ち寄った街。ふたりの視線の先には、スーツ姿のひとりの男。捜査二課に所属する刑事だ。勤務時間内にひとりという時点ですでにおかしい。刑事はコンビで動くものだ。単独での捜査など、普通はありえない。

「やっぱり、監察官殿のご協力を仰ぐよりなさそうだな」

鳴海は、眼鏡の奥の眼差しを鋭くした。それは、犯罪を追うときにだけ見せる、ギラつく牡の本能を隠しもしない顔だ。

「あまり無体なことはしてやるなよ」

相手は深窓のお坊ちゃまだ、と閤田が嘆息する。さて、なんと言葉を返したものかと考えていると、視線の先の男は、タクシーを停《と》め、乗り込んだ。

「経費で落としてんじゃねぇだろうな」

閤田が毒づく。

「問題は、どこから出てる経費《金》か、ってことだ」

だが、そう簡単に尻尾《しっぽ》は出さないだろう。あらゆる角度から、調べる必要がある。

殺人事件捜査に追われる鳴海が、それまでに得られた情報を手に見城を訪ねることができたのは、三日後のことだった。

4

鳴海《なるみ》の態度に反発するあまり、あの場ではああ言ったものの、どうにも気にかかった見《けん》城《じょう》は、結局は石倉《いしくら》の一件を独自に調査しはじめていた。

だが、自殺の原因とされる脅迫のネタは明かされないまま。二課長は、今現在捜査途中の案件に関わるとの理由で、情報を開示しない。上からも、自殺で処理が済んだものを蒸し返す気はないのか、なんの通達もない。

石倉はいったい何を調べていたのか。すべてはそこに起因しているように感じるのだ。

私生活には、やはり何も問題はないように思えた。

二課が情報を出したがらないのを見ても、仕事で何かトラブルに巻き込まれたと見るのが妥当だろう。

これが正式な監察活動なら、二課長を呼び出すこともできるのだが、鳴海からの個人的な依頼で動いているだけの見城に、それはできない。せいぜいデータベースに蓄積された、あるかぎりの情報を引き出すくらいのことだ。

パソコンの画面と、デスクに広げた書類とを見やって、大きな溜息をつく。

「何をやってるんだ、私は」

なぜあんなセクハラ男のために、自分は必死になっているのだろう。根拠のない主張を信じて勝手な調査をして。服務規程違反を取り締まる立場の人間がルールを犯していては意味がない。

――でも……。

「石倉巡査……か」

好青年を絵に描いたような証明写真。

だが、人は見た目では語れないと、監察という仕事について以降の経験から、見城は思っている。

生真面目そうな課長がキャバクラに通いつめていたり、上司の娘との縁談を勧めるために期待の新人の身辺を洗ったらギャンブルが趣味でサラ金に借金を抱えていた、なんてこともあった。

なのに、どういうわけか、石倉はそんな人間じゃないと言った鳴海の言葉を信じている自分がいる。鳴海の、人を見る目に間違いはないと、それこそ根拠もなく思っているのだ。そんな自分の心理が、何より一番納得がいかない。

溜息をついたとき、部屋のドアがノックされた。就業時間もとうにすぎた、深夜に近い時間。今時分に誰だろうかとは、思わなかった。「どうぞ」と応《いら》えを返せば、思ったとおりの人物が姿を現す。

長身に、インテリ然とした印象を与える眼鏡。だがそれが、男の素顔を隠すためのアイテムであることを、すでに自分は知っている。

「残業ですか?」

連日捜査にかけずりまわっているだろうに、鳴海はいつもどおり隙のないいでたちだった。自分などより、彼のほうがよほどキャリアに見えるのではないかと思うこともある。体格がいいからスーツが栄えるのだ。

「どなたかのせいで、余計な仕事が増えましたから」

ふいっと視線を逸《そ》らし、デスクに広げた書類を片づけて、パソコンの画面を閉じる。そのあからさまに何かを隠そうとする行動を、鳴海は止めもせず見ていた。

「目新しい発見はなかった、といったところですか?」

「ふたりきりなのに、これみよがしな敬語はやめてください」

逆らえないように仕向けておきながら、内心では小馬鹿にしていながら、表面だけ慇懃に繕われても、嫌味なだけだ。

「つっかかりますね。そんなに眉間に皺を寄せてなくてもいいでしょうに」

「誰がそうさせてるんですかっ」

パソコンのキーに勝手に手を伸ばされかけて、それをはたき落とす。

「そう言いながらも、ちゃんと調べてた」

「……っ、別に……っ」

鳴海に言われたからではない、と返そうとして、やめた。かわりに厳しい表情で、見城の傍ら、デスクに腰をあずける男を見上げる。

「勝手に捜査をしているようですね。また監察の呼び出しを食らいますよ」

「そうしたら、警視殿の可愛い顔を間近に見られるわけだ」

「鳴海刑事……！」

自分が何を言っても取り合う気のない鳴海に、見城はカッと声を荒らげた。だが言うつもりのなかったことまで口走りかけて、ハッとして言葉を切る。

「担当が私でなかったら、どうやって言い逃れるつもりですか？　ほかでもあんな……っ」

怪訝そうな視線を向けられて、サッと顔を逸らしてしまった。

自分が何を気にしているのか、ふいに突きつけられて、心臓がバクンと嫌な音を立てる。

それを懸命に隠して、早口に捲《まく》し立てた。

「私のように甘い監察官ばかりではありません。もっと上に出てこられたら……」

「いつもは情に流されて、甘い監察をしていると？」

「……！　そんなことしてません！」

鳴海の立場を心配しての発言だったのに、揚げ足をとられて反射的に言い返す。

だが、言ってしまったあとで、鳴海を特別視していると認めたも同然の発言であったことに気づいて、見城はそれ以上何も言えなくなってしまった。発言自体をなかったことにする以外に、自分の失言を繕う方法が見当たらなかったからだ。

「私は……っ」

事実を事実として調査しているだけだ、と言い切ることができなかった。言葉がつづかないことが悔しくて、唇を噛む。

監察が買収されてしまっては、組織を監督する意味がなくなる。なのに現実には、長いものに巻かれなくてはならない場面が存在する。

「ルールはルールなんです。なのにあなたはいつもいつも……っ」

本当は自分に向けて言いたい言葉を、鳴海に向ける。「真面目ですねぇ、警視殿は」と呟く声が降ってきて、見城はムッと傍らの男を睨み上げた。

「俺は、言い逃れてるつもりはない。いつだって、間違ったことをしたとは思っていないからな」

「な……っ」

堂々と言い放たれて、見城は目を剝く。

「懲戒を食らうのが怖くて、あんなことをしているわけじゃない。処分なら、必要に応じて下せばいい」

「あなた……っ」

怒鳴りかけて、あることに気づき、つづく言葉を見失ってしまった。

——じゃあ、なんで……。

懲戒を恐れていないのなら、なぜ自分にあんなことをしてまで、監察をうやむやにしようとするのか。

鳴海の顔を凝視していたら、どうかしたのかと問う眼差しを向けられる。それに返せないでいると、もしかしたらこの隙をうかがっていたのだろうか、鳴海の腕が伸びてきた。

「……え？　なに……」

いきなりおおいかぶさられて、ぎょっとする。だが鳴海の目的は、見城を弄《もてあそ》ぶことではなかった。

「ちょ……っ、勝手に……っ」

見城のパソコンを、勝手に弄りはじめたのだ。

「ダメです！　何を……っ」

パスワードをかけてあったはずなのに、簡単に解除されてしまう。

「いまどき誕生日をパスワードに設定してるお間抜けなやつなんていないと思ったが……」

「悪かったですね！　ほかに思いつかなかった……、じゃなくて！」

止めようと伸ばした手は軽く制されて、両手首をまとめて片手で拘束され、背中からおおいかぶさられた恰好で身体も自由を奪われる。

片腕で暴れる見城を押さえ込みつつ、鳴海は飄々とデータを閲覧しはじめた。

「二課は情報を出し渋っているのか。――ったく、あのキツネ課長め、絶対にどっかの悪徳政治家と繋がってやがる」

「……！　めったなことは……！」

「わかってる。俺の目的は二課長じゃない。――こいつだ」

あるひとつのデータを表示させた鳴海は、腕のなかの見城に、パソコンのディスプレイを見るよう促した。喚《わめ》いていた見城は、ふいに真面目さを帯びた声を聞いて、すぐ間近にある端正な顔を見上げる。それから、首を巡らせた。

「……？　中尾《なかお》巡査部長？」

表示された人事データの名前欄を読む。それから所属。地味な風貌の男は、捜査二課の刑事だった。

「こいつの身辺をあらえ」

該当人物に対して監察を行えと言われて、見城は怪訝な顔で眉間に皺を刻んだ。見城の記憶では、これまで特別目立ったところのない職員だ。マイナスがないかわりにプラスもないタイプ。

「……？　何を……？　そもそも私は、あなたの部下ではありませんよ！」

何を勝手に命じているのかと噛みつけば、問題はないはずだと返される。

「監察ってのは、タレコミによって動くものだろう？」

「嫌な言い方、しないでくださいっ」

拘束されたままの腕を振り払おうと力を込めるもの、鳴海の腕はビクともしない。それが忌々しくて、見城は間近にある端正な横顔に向かって憤然と吐き捨てた。

たしかに職員の素行調査を行うきっかけのひとつとして、タレコミがある。内部からのものもあれば外部からのものも。誰がどこそこでこんなことをしていた、という情報のなかから、信憑性のあるものをピックアップして、警察職員としてあるまじき事態に陥っていないかなど、事実関係を調べるのだ。

だが、哀しいかな、信用できる情報ばかりではない。気に食わない同僚の足を引っ張ろうと、根も葉もない噂を流す者もいる。鳴海自身、そうした妬みの対象とされることは多いだろうに。

「あなたの私怨に付き合っていられるほど、監察は暇ではないのですよ」

「私怨？」

「石倉刑事とどういうご関係だったのかは存じませんが、個人的な感情以外の何ものでもないでしょう？」

私情で動くなど言語道断だと忠告したつもりだったのに、鳴海から返されたのは、まったく逆方向の内容だった。

「当然だ。でなきゃ、わざわざ面倒を起こしたりはしない」

だから、それが問題だと言っているのだ。

だが、それほどの感情を、鳴海は石倉に対して持っているということ。そうだろうと思ってはいても、こうハッキリ肯定されるとなぜか面白くなくて、見城はボソリと吐き捨てた。

「よく言いますね」

「……なんだ？」

「なんでもありません」

面倒ばかり起こしているくせに。

それでも、妬みを買うほどの実績を残している自負が、男の言葉に力を生むのだろう。見城が何を言っても悪びれないのはそのためだ。

斜め上からじっと視線を注がれて、耐えられなくなって顔を上げる。

「いいかげん放してくださいっ」

腕に力を込めたら、それまで真面目に話をしていた鳴海の口許が、ニッと吊り上がった。途端、嫌な予感に襲われて、見城は逃げを打つ。――が、抱き込むような恰好で拘束されているために、椅子の上でもぞっと腰を動かせたにすぎなかった。

「制服姿もそそりますね、警視殿」

「……はぁ？」

耳朶に落とされた言葉の猥雑《わいざつ》さに、反射的に目を剥く。だが、揶揄のこもった敬語を使われたことに腹を立て、眉を吊り上げた。

「鳴海刑事！　放……っ」

「新しいコレクションは、制服姿でっていうのもオツじゃないですか」

「な……⁉」

パソコンをデスクの隅に押しのけて、できたスペースに背中から引き倒される。腕を頭上に引っ張られて、無防備な姿を曝してしまった。両脚の間に、いつの間にか鳴海の身体がある。

「……！　鳴海刑事⁉　何を……っ」

太腿《ふともも》から腰へと撫で上げられて、ゾワリと背筋がそそけ立つ。足をバタつかせて暴れようとしたら、「備品のパソコンを蹴落とさないでくださいよ」と笑いの滲む声を落とされて、動きを止めてしまった。

「また同じ手を使うんですか？」

「同じ手？」

「こんなふうに私を辱めて、言うことを聞かせて。またあんな……っ」

声をつまらせながらも、見城は懸命に自分を組み敷く男を睨み上げる。

どうせ飄々と、まるで悪びれることなく、そのつもりだがそれがどうしたと言葉を返されるとばかり思っていた見城は、腕を押さえつける力が若干弱まったことに驚いた。だが、男が動かないから、見城も身体を起こすことができない。

「鳴海刑事？　……！」

ふいに視界が翳《かげ》って、見城は咄嗟《とっさ》に顔を背けていた。だが、体温が近づいただけでそれ以上何もなく、ややあって恐る恐る視線を戻す。

「……！」

すぐ目の前に鳴海の顔があって、驚いた見城は、またもや逃げるように顔を逸らし、懸命に身を捩《よじ》った。

すると、耳元にククッと抑えた笑いが落ちてくる。

――……？

「何を期待されたのかわかりませんが、そんなに怯えなくてもいいんじゃないですか？」

「……！　私は別に怯えてなど……！」

腕の拘束が解かれて、慌てて身を起こし、鳴海の肩を押しやる。おおいかぶさっていた身体はアッサリと引いて、それどころか、見城の身体を引き起こしてもくれた。

よれたネクタイをなおしてくれる手にも反射的にビクリと肩を揺らすと、こらえ損ねたらしい笑いが端正な口許から零れる。制服の襟までなおしてくれようとする手を、見城は忌々しげに振り払った。

「……私が監察官であなたより階級が上であることを、お忘れではありませんか?」

「まさか。我々警察職員にとって監察官殿より怖いものはありません」

「心にもないことを。本当に口が達者ですね」

「とんでもない。思っていることの半分も言えない、口下手な男ですよ、自分は」

もはや会話をするのも疲れるとばかり大仰に嘆息すれば、肩を竦めてみせた鳴海は、先ほど自分がデスクの端に追いやったパソコンを定位置へと戻し、表示させたままだったデータを閉じた。

「強制しないんですか?」

中尾の身辺調査をして情報を提供しろと強要しないのかと問えば、

「その必要性を判断するのはあなたの仕事だ。違いますか? 見城監察官」

「……っ」

都合のいいときばかりこちらを立てる。腹立たしいが、そのとおりだから、小さく毒づくにとどめた。

「待ちなさい」

そのまま部屋を出て行こうとする広い背を呼びとめる。

「なぜ監察にタレコミをしようと思ったのか、その理由をお聞きしていません」

なぜ監察の必要があるのか、それがわからなければ動くに動けない。足を止めた鳴海は、見城を振り返りもせず答えた。

「カンです」

「……は？」

「刑事のカン、ですよ」

振り返って、ニヤリと笑う。それに見城が絶句している隙に、鳴海はドアの向こうに姿を消してしまった。

「鳴海刑事⁉　待……っ」

慌てて追いかけようとして、カクンとその場に頽《くずお》れてしまう。膝《ひざ》が笑っていることにいまさら気づいて、カッと頬が熱くなった。

「くそ……っ」

らしくなく毒づいてしまったのは、怯えていると指摘されたことを思い出したから。あの程度の悪戯《いたずら》をサラリと流せなかった自分が悔しかったからだ。

監察は、何も職員の不正や犯罪を暴くためにだけ行われるわけではない。

懲罰だけではなく、警視総監賞の受賞候補者に対して、真に受賞に値する人物か否かを調査したりもする。

昇任を言い渡す前に勤務態度などの身辺をあらいもするし、署長職にいたっては、候補者に対して就任前の一年近くにもわたって、身辺調査を行ったりもする。つまり、その過程で候補者から脱落していく者が存在する、ということだ。

本人はもちろんのこと、妻子や親兄弟にいたるまで、身辺をあらわれる。本人がいかに勤勉な人物であっても、妻にギャンブル癖があったり、息子《むすこ》が登校拒否だったり、兄弟姉妹のなかに前科者がいたりすれば、その時点で昇任も昇格もなくなる。

家族親族までそれほど厳しくチェックされるのだから、本人に問題があればもはや決定打だ。酒癖が悪かったり、ギャンブルが趣味だったり、あまつさえ愛人を囲っていたりすれば、すぐにバレてせっかくの昇任のチャンスは消え失《う》せる。

だがもちろん、全部が全部チェックできるのかといえば、それは無理な話だ。各都道府県警にも警視庁同様に監察部署は置かれているが、警察職員の数に対して、監察官の数は決して充分とはいえない。

だから、昇任昇格のタイミングに、そうしたチェックが行われる。

そして同時に、タレコミが重要視されるのだ。

監察官だけで隅々まで目を光らせることがほぼ不可能となれば、そうした聞こえてくる声のなかからピックアップしていくのも、たしかにひとつの方法だろう。

だが、見城は、タレコミによって行われる監察活動が、正直なところ好きではない。

仕事だから、好き嫌いなど関係なくやらなくてはならないのだが、どうしても「結局はただの告げ口ではないか」という気持ちが拭えないのだ。

一緒に働く同僚の視線でなければ気づけないことはある。人事評価を気にして上司の前ではいい顔をしながら、裏では不真面目な勤務態度だったり、下の立場の者にセクハラを含むパワハラを働くような人間もいるから、そうした輩に鉄槌《てっつい》を下すためには、現場から上がってくる声は実に有効だ。

タレコミは内部からばかりではなく外部から——一般市民からの陳情のことだ——もあるから、官と民との感覚の違いを教えられたり、一般市民が警察に何を期待しているのかに気づかされることもたびたびある。

だがその一方で、他人を貶《おとし》めようと、ありもしない事実をでっち上げたり、火のないところに無理やり煙を立てたりする者もいる。なぜそんなことをするのかといえば、ほとんどが単なる私恨——妬みや嫉みといった、個人的な感情からだ。

社会とは非情なもので、努力すれば誰でも平等に評価されるわけではない。同じだけの努力をしても、同じだけの功績を上げても、評価に差が生まれる。

なぜそうなってしまうのか、ひと言で説明するのは難しい。運も才能のうちだとも言われるし、その人物の容姿や性格なども関係してくるのだろうが、そればかりでもない。

子どものころ、がんばれば報われると教えられる。

だがそれが事実ではないことに、ある程度の年齢になったときに気づいてしまう。

結果を出している人間は、そうでない人間の目に見えない部分でも、数々の努力を積み重ねているものだ。心がけひとつでも、結果は違ってくる。だから、他人を妬む暇があるのなら、そのぶん自分を磨けばいい。

そう言うのは簡単だ。けれど、実行できる者は少ない。できることが理想だけれど、人間はそれほど強くない。

組織が大きくなればなるほど、人間関係が複雑になればなるほど、ひとつの目標に向かってともに手を取り突き進もうとする同胞意識――プラスの感情の裏に、どうしてもマイナス感情が渦巻くようになってしまう。

そうしたマイナス面が、監察に届くタレコミには、如実に現れている。

もちろん、見逃せない内容のものも多く、それをもとに実際に調査してみたらとんでもない実情が判明したこともある。

だが、そうした信用に足る陳情を選別するためには、眉を顰めたくなる内容のものにも目を通さなくてはならないわけで、当然気分のいいものではない。言葉は悪いが胸糞悪くなる

ことも あるし、それを通り越して暗澹《あんたん》たる気分に陥ることもある。人間の心の淀《よど》んだ部分を見ているようなものなのだから、当然だ。

監察官に任ぜられてから今日までに、見城はさまざまな監察をこなした。部下のベテラン監察調査官に比べたら、まだまだ経験も浅く微々たる件数にしかならないが、警視総監賞の授与に絡むような喜ばしいものより、懲罰を与えるための調査のほうが断然多いのが実情だ。

そういう部署なのだからしかたないとはいえ、監察官という役職が、同僚でありながらも警察職員から嫌われる立場にあるのもわかろうというもの。

仕事なのだからと己を律しながらも、それでもできることならわざわざ気分の悪くなるものなど見たくはないし、聞きたくもない。

日々の仕事において感じていたそんな本心――早い話がストレスだ――が、鳴海が口にした「タレコミ」という単語に対して、見城に過剰反応をとらせた。

だが、あの鳴海が、適当なことを言うとも思えない。

自分にセクハラまがいなことばかりするふざけた男だが、刑事としては優秀なのだし、有能であるがゆえに、やっかみを買うことはあっても、他人に対してマイナスの感情を向けることはないだろう。売られた喧嘩《けんか》は買うだろうし、笑顔で百倍返ししそうだが。

「家庭環境に問題はないし……親兄弟にも特筆事項はないし……借金もなし、か。でも、民間からの借り入れはわからないな」

抽出したデータをまとめたものを眺めて、見城は溜息をつく。

鳴海が言い残していった、捜査二課の刑事の件だ。

ネタ元がハッキリしないために監察の焦点も絞れず、また理由づけにも乏しいため、正式な監察活動を部下に命じるのもなんとなく憚《はばか》られて、ひとまず自力で調べてみることにしたのだが、日々の仕事に追われてなかなかその時間を捻出できず、今日になってしまった。

部下の目を盗んで、というのも実は結構難しい。ほぼデータ化されているとはいえ、紙ベースの資料の類《たぐい》は調査員たちのデスクの並ぶオフィスのキャビネットに納められているし、上司が残業をしていると部下たちは帰りづらいから、皆が帰るのを待って居残っていても、結局終電ギリギリまでひとりきりになれなかったりして、あまり意味がないのだ。

会議と接待とで半日以上席を外したままだった今日、接待の席から直帰せず戻ってきたらオフィスの電気が消えていて、やっと部下の目を気にすることなくあれこれ調べる時間を得られた。

「――ったく、何が『刑事のカン』だ。中尾巡査部長の何が問題なのかわからなくちゃ、調べようがないじゃないかっ」

お行儀悪く頬杖《ほおづえ》をついて、プリントアウトした書類を指先で弾《はじ》く。

「もうこんな時間か……」

時計の針は、そろそろ日付を越えようとしていた。

いい歳をして門限があるわけではないが、親と同居だと、どうしても時間が気にかかる。父も警察庁の幹部だし、キャリア官僚がどれほど多忙なのか母もわかっているから、口煩く言われることはないが、それでも待たれていると思うと精神的にかなり負担だ。その必要はないと言うのだが、仕事人間の夫に長年仕えてきた母は、男の帰りを待つのが当然という古い価値観の持ち主で、どうあっても聞き入れてくれないのだ。

「つづきは自宅でやるかな」

いっそのこと、地方に転勤にでもなれば…とも考えるが、そうすると今度は父が納得しない。ただでさえ息子の警視庁出向をよく思っていないというのに。

後ろ盾があって出世は確実と、見城を羨《うらや》む者は多いが、現実はそんなに甘くない。監察官を拝命してすぐ、見城が自ら現場に出たことを父に知られたときには、かなり厳しく苦言を呈された。いわく、キャリアとしての立場を考えろ、と。

有名大学を卒業していながら、現場に立ちたいがためにあえてキャリア試験を受けずにノンキャリアで志願する者がいるというのも頷ける。現場を知らなければ上になど立てないと思うのに、キャリアには現場に立つ機会などほとんど与えられないのだ。

「……そういえば、鳴海刑事も国立大卒だったな」

だが彼はノンキャリアだ。もしかしたら、あえてそうしたのだろうか。

「……刑事のカン、か……」

そう言えるだけの現場経験が、彼にはある、ということだ。

だったら自分も、監察官としてのカンだ、と言えるようになればいいのではないか？

デスクの上を片づけながら、ふとそんなことを考えて、しかし見城はそのかたちのいい口許に自嘲の笑みを浮かべた。

「……あんまり喜ばしいカンじゃないか」

ひとを疑ってばかりいるようにしか思えない。

あいつはかならず何か不正を働いているはずだ、なんて、わかったところで嬉《うれ》しくもなんともない。

5

見城《けんじょう》を呼び出した首席監察官は、実に面白くなさそうな顔で、顎の下で指を組んでいた。

こちらをうかがう眼差しには不愉快な感情がありありと浮かび、その一方で、見城の背景——父の存在だ——もあって、どう扱ったものかと思案している様子だ。

「さすがに今回は目に余るようでね。二課長から苦情がきているんだよ」

石倉《いしくら》の自殺の件を、他殺だとして勝手に調べまわっている鳴海《なるみ》のことだ。一課長に苦情を申し立てても暖簾《のれん》に腕押しで意味がないため、監察に陳情がきた、ということらしい。

「二課長から、ですか」

厳しく注意勧告をするようにと言われて、見城は密《ひそ》かに胸を撫で下ろした。中尾《なかお》の件については、何も言われなかったからだ。

だが、安堵《あんど》ばかりもしていられない。「鳴海の監察担当は君だったな」と、「ちゃんと見ているのか」と、念押しされているのだから。ほかから何も言われないうちは、鳴海の成績を重視して、少々のことは見逃していい、と匂わせていたくせに。

「石倉くんの件は、自殺で処理されている。そんな人間じゃないと主張したところで、通るものではないことは、君ならわかるだろう」

「はい」

自分が鳴海に言ったのとほぼ同じ言葉だが、立場が変われば聞こえ方も変わるものだと思い知る。

「結局、石倉刑事の自殺の件は……自殺の理由ははっきりしたのでしょうか？」

いくら担当外とはいえ、監察官の自分にも知らされないのはおかしいのではないか、という非難も含めて問えば、上司は多少不愉快そうな顔をしたものの、重い口を開いた。

「どうやら、不正経理を見逃すかわりに賄賂《わいろ》を得た件で、強請られていたらしい」

「……賄賂？」

あまりにもありがちすぎる理由を聞いて、見城は眉根を寄せた。

「正確には、見逃したわけではなく、見過ごしてしまったようだが。見逃したと受け取れる状況にあって、たぶん断りきれなかっただけだろうが接待を受けてしまった。それをネタにされたらしい。一度金を渡してしまえば、どんな言い訳もきかなくなる」

一度金を渡したが最後、そもそもの強請《ゆすり》のネタが事実だろうが、誤解だろうが、疚《やま》しいことがあったから金を渡したのだろうと、疑われることになる。そうしたら、今度はそれをネタに強請られて、搾《しぼ》り取れるだけ搾り取られる。最悪の場合は、サラ金に借金までさせられて、破滅に追い込まれる。

「生真面目な青年だったそうだからな」

そんな状況に追い込まれてしまった自分の弱さを、彼は許せなかったのだろう。首席監察官は、そうしめくくった。

筋としては、通る内容だ。これをそのまま鳴海に話したら、鳴海ははたして納得するだろうか。

「彼はきっと考えたはずだ。父親の評判にも泥を塗ることになる、とね。病気で退職まで勤め上げることはかなわなかったが、彼の父上は警視総監賞を授与されたこともある、敏腕刑事だった」

首席監察官からかけられた、含みの多い言葉に、見城はひっそりと拳を握った。

警察庁の要職にある父親に迷惑がかかるようなことのないように、と見城にも暗に釘《くぎ》を刺しているのだ。

「だとしたら、彼は方法を間違えました。自殺するのではなく、すべてを明かして、責任を取るべきでした」

だから、自殺と決めつけるのはおかしいのではないか、と言ったつもりはなかった。鳴海の主張を擁護するつもりもない。ただ、感じたままを口にしただけだ。

「それは違う。彼は組織を守ろうとしたんだ。その気持ちを汲《く》んでやらなくてはいけない」

「……っ」

反論したい気持ちを、ぐっと抑える。こんなところで上司相手に堂々巡りの議論を繰り広げたところで意味はない。

「鳴海警部補には、厳しく注意します。——それでよろしいでしょうか？」

多少の不服従の姿勢を滲ませ、それでも表面上は慇懃に言葉を返す。眉間の皺を深めながらも、首席監察官は黙って頷いた。

担当する事件の隙間に石倉のことを調べている鳴海は多忙で、呼び出しに応じたのは、翌日の夜遅くになってからだった。

張り込みから戻ったばかりだという男は、いくらか疲れた顔をしているものの、その口許に浮かぶ余裕は常と変わらない。正面の椅子に座るように促すと、それに頷きながらも素通りして、見城の背後、窓ガラスに背をあずけて腕を組んだ。

その立ち位置に、いつかの行為を思い出してわずかに肩を揺らしたものの、それを指摘されるのも悔しいので、こちらも平然とした顔を繕う。

「自分は何かやりましたでしょうか？」

何か叱《しか》られるようなことをしただろうかと、いつもの調子で言われて、見城はピクリと眉を反応させた。

「二課から苦情がきています。石倉刑事の件、まだ諦《あきら》めてないようですね」

「自殺じゃありませんからね」

「もう自殺で処理が済んでいます」

首席監察官から聞いた内容を話すべきかと迷いながらも言えば、鳴海は肩を竦めて笑う。

「賄賂の件ですか？　――ありえませんよ」

「……！　知って……」

どうして、と驚きに目を瞠って、しかしすぐに表情を繕い、毅然《きぜん》と問い返す。

「……ご存知だったのですか？」

二課が不祥事として隠したがっていることを、どうやって知り得たというのか。監察官の自分ですら、つい昨日《きのう》知らされた情報だというのに。

「相棒がいろんなところに情報源を持っているもので」

鳴海は、悪びれることなく、正規ルートで仕入れた情報ではないことを暴露した。

だったら、自分のところに来なくてもよかっただろうに。

「そうですか。では私がお話しするまでもありませんね。石倉刑事の件に関して、捜査は許可されておりません。すぐに手を引かなければ――」

「——今度こそ懲罰、ですか？」

窓にあずけていた身体を起こし、デスクに片手をつく。

すぐ傍らに感じる体温に怯えてなるものかという負けん気と、状況を理解していると思えない鳴海の軽い口調とが、見城の声を荒らげさせた。

「刑事をつづけたくないんですか⁉」

これまでは上も大目に見てくれていたが、今度ばかりは目に余ると、口調はやわらかくとも態度で示されている。これ以上の不興を買ったら、どこへ飛ばされるか知れない。

枠からはみ出すことを許さないのが組織なのだ。どれほどの検挙率を誇ろうとも一課のエースだといっても、秩序を守るためなら組織は平然と閑職へ追いやるだろう。見城にも、それを止める術《すべ》はない。

「今はまだ、私が忠告を受ける程度でおさまっていますが、これ以上となると——」

「——あんたにも、苦言がいったのか？」

ふいに口調を変えた鳴海は、めずらしく眉間に皺を刻んだ。

「私のことはいいんです！　あなたはいつも無茶ばかりで……」

「わかった」

「……え？」

あまりにもアッサリとした言い草だったから、思わず耳を素通りしてしまった。聞きとったはずの言葉は、ややあって鼓膜に戻ってくる。

この男が、こんな素直に言うことをきくなんて……。

聞き間違いだろうかと唖然《あぜん》としていたら、その隙をつかれた。

「これはもらっていく。あとは勝手にするから忘れてくれ」

鳴海が手にとったのは、見城に開示された、石倉のデータ。捜査二課が監察に提出した、近々で石倉が追っていた事件などの概要をまとめた書類だ。分厚いファイルの奥に隠してあったのに、なんと目敏《めざと》いのか。

「……！　ダメです！　それは……っ」

「悪いが上には適当に言っておいてくれ。この件が片づいたら、どんな懲罰でも下してくれていい。それであんたの面子《メンツ》も立つだろ」

言いたいだけ言って、背を向けてしまう。

「鳴海刑事！　何を勝手な……っ」

待ちなさい！　書類を返せ！　と怒鳴っても無駄だった。

「鳴海……っ、……！」

部屋を出て行こうとする鳴海を追いかけたら、目の前でドアが閉められた。それを開けて廊下に出たときには、見渡せる範囲に長身の影はなく……。

大きな溜息とともに部屋に戻って、都心の夜景を映し込む窓ガラスに額をあずける。

「……なんであんな男に振りまわされてるんだ、私は……」

自分のほうが階級は上なのに。

――そういえば……。

今日は、例の件を持ち出して脅さなかったな、と気づく。閉鎖空間にふたりきりで、身構えていた自分がバカバカしく感じられた。


「今度は自分ですか?」

翌日、見城はひとりの刑事を呼び出した。捜査一課の閤田《ごうだ》――鳴海の相棒だ。

「表に出ていないはずの情報が、あなたの口から鳴海刑事に入ったとお聞きしました。いったいどこから情報が漏洩《ろうえい》したのか、確認しなければなりません」

鳴海いわく、閤田には各所に情報源がいる、とのことだが、それがどういう存在なのか、見城にはよくわからない。

すると、鳴海に比べたら百倍神妙な顔で現れた閤田は、慇懃な態度を崩さないまま、しかしその眼差しだけを緩めて、わずかに口調を変えた。

「監察官殿が一番お聞きになりたいことにお答えしましょうか」

「……え？」

人事データをもとに監察を進めようとした見城に、闇田が切り出す。

「鳴海と石倉の関係ですよ」

――……！

そのニュアンスに、なぜかしら含むものを感じてしまって、見城はギクリと肩を揺らした。

「……私には関係のないことです」

今現在持ち出す話でもない、と切り捨てれば、

「そうでしょうか？　それがハッキリすれば、鳴海の暴走を止められるかもしれない、とはお考えになられませんか？　そうすれば、相棒の自分が巻き込まれることも、余計な協力をすることもない」

違いますか？　と訊かれて、言葉につまった。

常に鳴海の影になっている感のある闇田だが、彼があえてそうしていることに、そして実は鳴海以上に食えない相手であることに、気づく。

「一課の刑事と二課の刑事、しかも年齢も期もかなり離れていて、過去に合同捜査などで顔を合わせた痕跡もない。あなたがお調べになられた限り、接点は見つけられなかったのでは？」

「それ…は……」

言い淀む見城を制して、閣田はあっさりと鳴海が口にしなかった真実を暴露した。

「やつの大事なひとの息子さんなんですよ」

「……大事な、ひと？」

「ええ」

石倉の父親は刑事だった。所轄署のではあるが、刑事課の凶悪犯担当の刑事だ。母親はまだ健在のはずで、夫と息子を亡くした女性の心情がいかばかりかと想像すれば胸が痛くなる。

家族ぐるみでの付き合いがあったという意味だろうか。

当時から鳴海とコンビを組んでいたという閣田は、自分も飯を食わせてもらったりずいぶんと世話になりました、と言葉を継いだ。

「だからやつは、石倉が学生服を着てたころから知ってるんです。歳の離れた弟のように可愛がっていました」

「だから、あんなに必死に……？」

警察官の世界は体育会系だ。武道の心得が必要で、嗜《たしな》む者が多いからというのもあるが、年齢や階級以上に期——警察学校の卒業年次のことだ——が重んじられる場面もあるほどに、上下関係が厳しい。

だからこそ、同じ釜《かま》の飯を食う仲間や先輩後輩の繋がりは濃く、所轄署同士の縄張り意識といったものも、身内との強い結束があるからこそ生まれるものだ。

だが、それならなぜ、その事実を知る者がいないのか。その疑問は、つづく閣田の説明であきらかにされた。

「仕事場じゃ、そういうそぶりは見せないようにしていましたからね。あいつは、よくも悪くも自分が目立つ存在だってことを自覚してますから」

同じ課の先輩に可愛がってもらって、仕事を覚えなくてはならない時期に、他課の、しかも抜群の検挙率を誇る一方で妬みも嫉みも買いまくりの鳴海と親しいと知れれば、よくない印象を持つ者も出てくる。

これが同じ課の先輩後輩ならまだしも、縦割りの警察組織においてその縄張り意識は、所轄署同士のみならず、課同士でも発揮される。扱う事件は分担されているが、たとえば麻薬がらみの殺人事件のように――殺人は刑事部、薬物は組織犯罪対策部の管轄だ――線引きがきっちりとできない事件も多いからだ。その場合、犯人を挙げても、どちらが送検するかで揉めたりもする。

くだらない…と、心中で呟くものの、口に出すことはできない。

それが聞こえたわけではないだろうが、閣田は「まぁ、そういうわけですよ」と、それまでより若干砕けた口調で肩を竦めた。

大事なひとの息子。

弟のように可愛がっていた存在。

闇田から与えられた情報を頭のなかで反芻《はんすう》していた見城の耳に、椅子の脚が床を滑る音が届く。許可などしてないのに早々にこの場を辞そうと腰を上げた闇田が、言葉を探す見城を目を細めて見やっていた。

「あなたはこれ以上、首を突っ込まないほうがいい。出世に響きます。やつも反省したみたいですしね」

「……え？」

「身勝手な男に振りまわされた警視殿にしてみればいい迷惑でしょうが、今回ばかりは大目に見てやっていただきたい。これが解決すれば、本人の言葉どおり、どんな懲罰を食らっても文句は言わないでしょう」

たとえ捜査一課から追われることになっても…と、闇田は付け加える。

——そこまで……？

そこまでしてしまうほどの、関係だったというのか？

眉間に深々と皺を刻む見城に一礼をして、背を向ける。そのときになってやっと我に返り、呼び止めたものの、闇田はそのままドアの向こうに消えてしまった。

「誤魔化された、か……」

こちらの質問には何ひとつ答えていないことに、いまさら気づく。

「——ったく、鳴海刑事といい……」

疲れた声で毒づいて、これはもうしょうがないと半ば諦める。

そういう理由があるのなら、見城が何を言っても鳴海は捜査をやめないだろう。そこまでの覚悟があるのなら、自分がいくら注意したところで無駄だ。

それなら自分は、自分のできることをして、最悪の場合に備えるしかない。

「私にできること……」

パソコンのキーを操作して、人事データを呼び出す。捜査二課の、中尾のものだ。

——何か出れば、あるいは……。

これが火の粉避《よ》けになるかもしれない、なんて考えるのはおこがましいことだとわかっている。だが、鳴海の言葉がある限り、やはり見逃せない。

6

そもそもなぜ、鳴海《なるみ》を庇《かば》うことを大前提に自分の仕事をしなくてはならないのかと、行動に出たあとで深い溜息をついた見城《けんじょう》だったが、動きはじめてしまったら、もはや引っ込みはつかなかった。

今現在かなりまずい立場にある鳴海からのタレコミという理由では、おおっぴらに素行調査などできるわけがない。部下に命じられないのなら、あとは自分で動くよりない。

監察対象の中尾《なかお》に、借金とか勤務態度とか、何かしら調査理由にできそうなマイナス点があれば話は別だが、それが見当たらない状況では、部下に何をどうしろと命じることもできないのだ。

これが、昇進や縁談を持ちかける前に、上司や世話焼きな上役などから依頼がくる、「何も問題がないことを証明するため」の監察なら、一定期間の素行調査を行うだけでいいが、そうでなければ、何が問題で調査するのか、焦点がハッキリしなければ、監察調査官も手のつけようがない。

――ったく、ヒントのひとつくらい置いていってくれればいいものを。

鳴海の勝手な言い草を思い出して眉間に皺を刻みつつ、見城は監察のとっかかりを探ろうとしていた。

借金の有無や勤務態度といった目ぼしいチェック項目をあらって何も出ないとなれば、あとはその行動を逐一見張るよりない。

だが、立場上、常にデスクを空けるわけにもいかず、しかも正式に許可されているわけでもない監察を行うにあたって、上はもちろん部下にも内緒となると、そう簡単に運ぶわけがない。

それでも中尾の行動パターンをチェックし、短時間ではあるものの、ここしばらくの間に見城は何回かの尾行に成功していた。

どうやら、中尾が今現在担当しているのは、斡旋《あっせん》収賄に絡む案件らしい。

らしい、というのは、中尾の立ち寄り先などから、見城が導き出した結論であって、二課から得たたしかな情報ではないからだ。

そして今日も見城は、夕方に庁舎を出て、数件の立ち寄り先を経て帰宅するまでの数時間ではあったが、中尾の素行調査にあたった。自宅の玄関をくぐるまでを見送って、やっとホッと肩の力を抜き、自分も帰途につく。

その途中、マナーモードに設定していた携帯電話が震えるのに気づいて、胸ポケットから取り出した。だが、着信はすぐに切れ、振動は止まってしまう。訝りつつディスプレイに残された表示を見れば、「非通知」とあった。

「……またか」

少し前から、頻繁にかかってくるようになった、不審な電話。

監察官という仕事柄、恨まれることもままあるから、まったく身に覚えがないとは言わないが、理由がハッキリしていても、気持ちのいいものではない。

過去に懲罰を言い渡したなかの誰かだろうか、なんて疑るのも嫌だ。とくに見城の場合、監察官になって何年ものキャリアを積んでいるわけではないから、なんとなくアタリがつけられてしまうのも精神衛生上よくない。

「仕事とはいえ、きついものだな」

バブル崩壊時、肩叩き人事を行った人事担当者はこんな気持ちだったのだろうか、なんてくだらない想像までしてしまう。

それでも仕事は仕事だと、自宅の玄関ドアを開けるまでの間に気持ちを切り替える。

門扉に手を伸ばしかけたときだった。

またもや携帯電話が着信を知らせて、見城はギクリと肩を揺らしたあと、大きく息を吐いた。――が、今度はすぐに切れないで、ずっと鳴りつづけている。おかしいな、と思いながらディスプレイを確認すれば、「自宅」と表示されている。

「……なんだ？」

訝りつつ緩いスロープを抜けて玄関に辿りつき、ドアを開けると、リビングから「あら？」と母の声がした。

「志人《ゆきと》さん？　帰ったの？」

「お母さん？」

携帯電話を震わせていた着信が切れて、振動が止まる。母が受話器を置いたのだ。リビングのドアを開ければ、母がホッとした顔で駆け寄ってくる。

「よかったわ。お父さんの携帯電話が通じないから、どうしようかと思ったの」

接待の席で上着を脱いでて気づかないのかしらね、と困った顔で頬に手を当てる。

「どうかしましたか？」

「電話がね……」

問われた母は言葉を濁し、チラリと家電《いえでん》を見る。

「電話？」

「無言電話みたいなの。夕方から、もう何回も」

兄が実家にいてくれれば…と思うのは、こういうときだ。広い家に母をひとりにしなくて済む。だが警察勤務ではないものの、見城同様キャリア官僚で、今現在海外勤務にあたっている人間にそれを期待するわけにもいかない。

「何も言わないんですか？」

「ええ。何かの間違いかしらと思って様子を見ていたのだけれど、さっきまたかかってきて……こんな時間にお仕事関係だったら、お父さんもあなたも、携帯電話に直接連絡がいくでしょう？　だからこれはもう悪戯電話決定だわ、と思って。迷惑電話拒否登録しちゃっていいかしら？」

電話機の機能を活用して、悪戯電話を撃退してしまっていいだろうかと母が問う。

それに頷いて、見城は母のかわりに家電の機能ボタンを押して該当画面を呼び出すと、手早く設定をした。

「お父さん、今はどんなお仕事してるのかしらね」

機密上、妻にさえ仕事内容を明かせないことはままある。それを理解している母は、悪戯電話ごときに怯みはしないものの、夫の身は案じているようで、そんな言葉を口にした。過去には、脅迫状が届いたこともあったし、脅迫電話が鳴り響いたこともあったから、夫が警察庁に勤務する限りはしょうがないと思っているようだ。

それを聞いた見城は、自分かもしれない、と言いかけて、その言葉を呑み込む。

母に心配をかけるくらいなら、いっそ自宅を出たほうがいいかもしれない。その一方で、父子ともに危険を呼び込む可能性のある仕事につく限り、もしかして火の粉をかぶるかもしれない母をできるだけひとりきりにする時間を減らしたほうが安全だろうと考えると、自分が家を出るのも憚られて、見城はいつもジレンマに陥る。

午前様確実だとわかっていても、夫の帰りを待つつもりの母に休もうとする様子はなく、「お夜食を用意しましょうね」と、キッチンへ消えていく。

携帯電話と自宅の電話。

見比べて、見城は溜息をつく。この程度で気落ちしていたら、仕事などできないとわかっていても、家族を巻き込むのはやはり心苦しい。

父には、自分からも話をしておこうと決めて、着替えるために二階の自室に上がった。

このとき見城の頭には、「過去」しかなかった。

過去に自分がどんな監察をし、どんな懲罰を下したか、それによってどれだけの人間に恨みを買ったか。そればかりに意識が向いていて、肝心なことを忘れていた。

今現在自分が何をしているのか。何を調べているのか。

当然目を向けるべき「今現在」に、まったく意識が向いていなかったのだ。

胸ポケットで、携帯電話が振動をはじめる。就業時間もとうにすぎた庁舎内の片隅。比較的静かな廊下には、バイブレーター音といえどもよく響く。

すぐに切れたそれに、「またか…」という気持ちに駆られながら、一応確認しないわけにもいかなくて、見城は携帯電話を取り出した。

ディスプレイには、案の定「非通知」の文字。

日に日に、数が多くなっている。あまりにつづくようなら、首席監察官に相談しなくてはならないだろうと思いながらも、それを躊躇っている。注意を受けてからさほど経《た》っていないのもあって、軟弱に受け取られそうで嫌だったのだ。

「そんなに暇なのかっ」

小さな声で毒づいて、携帯電話をもとあった場所に戻そうとしたときだった。

「……！」

ふいに後ろから手首を摑まれて、気配を察せなかった見城は竦み上がる。

「……!? 鳴海刑事……!?」

見城の手首を摑んで自由を奪い、携帯電話を奪い取って、鳴海は勝手にディスプレイを開いてしまう。

「何を……っ」

勝手に見るなと咎める前に、手早く履歴を表示させて、鳴海はその眉間に皺を刻んだ。

「なんだ、これは？」

素で呟いたあと、「心当たりはありますか？」と慇懃に尋ねてきた。その態度の差になぜかしらカチンッときて、見城は摑まれていた腕を乱暴に振り払う。

「私の仕事を考えれば、めずらしいことではありません。——返してください」

鳴海が勝手に見ている携帯電話を奪い返そうとすると、ひょいっと躱され、今度は二の腕を摑まれる。すぐ近くの、空室表示の出ている会議室に強引に引っ張り込まれて、抗議の声を上げた。

「ちょ……鳴海刑事⁉」

室内に放り込まれ、鳴海がドアを背にして立つ。出口を塞がれた見城は、鳴海を睨むように佇《たたず》むしかない。

「閤田《ごうだ》のやつが、余計なことを喋ったようですね」

悪びれない態度で閉じた携帯電話を差し出されて、咎めるのもバカバカしいと、奪うように取り返し、胸ポケットにしまった。

「彼を呼び出したのは私です。彼は、監察官である私の質問に答えただけです」

実際、自分の質問には何ひとつ答えないまま、言いたいことだけ言って閤田は席を立ってしまったのだが、あのとき聞かされた内容が気にかかっているがゆえに素直に応じられなくて、逆のことを言ってしまう。

「最近頻繁に外出なさってますが？」

閤田の発言に触発されて、自分の立場を悪くする行動をとっているのではないか、と問われる。図星なのだが、そもそもの原因はそちらではないかと思ったら悔しくて、やはり言葉は素直に出てこなかった。

「私の仕事について、あなたにお話しする義務はありません」

強い口調で返す見城の態度だけで、鳴海にはすべて察することが可能だ。それに気づけないわけではなかったけれど、いまさら翻せない。

「石倉《いしくら》のことなら、もういいと言ったはずです」

落ちてきた髪を掻き上げ、大仰な溜息をつかれて、見城はますます眉を吊り上げた。

「……勝手なことを言うんですね。脅して都合のいいように利用して、使えないとわかったら今度は首を突っ込むな、ですか？」

「誰もそうは言ってないでしょう」

「言ってます！」

ムカッとして、とうとう声を荒らげてしまった。冷静にやり返すつもりだったのに。

「あなたがムキになる必要はないと言ってるんですよ」

ムキになどなっていない。自分にできることを模索しているだけだ。

「その言葉遣い、やめてください！」

慇懃にみせてその実、まるで小さな子どもをいなすような鳴海の口調が気に食わなくて、見城は言い募ろうとする言葉の先を遮った。そして、鳴海の大きな身体をドアの前から押しのけ、ノアノブに手を伸ばす。

「警視殿！」

さすがの鳴海も呆《あき》れたような困ったような顔で、見城の肩を摑んできた。その手を勢いよくはたき落として、今度は怒鳴る。

「その呼び方も！」

鳴海は、まともに自分を呼んだことがない。いつもいつも小馬鹿にして、まるで嫌味のように役職や階級で呼ぶ。それが見城を頑《かたく》なにさせるのだと、どうしてわからないのだろう。

一度は払った手が肩に伸びてきて、ドアを背に押さえ込まれる。だが、痛みに呻《うめ》くと手はすぐに離れて、見城の顔の横、ドアに手をつくように添えられた。

眼鏡の向こうには、見城の浅はかな行動を咎める眼差し。それを真っ向から受け止めて、意図的に選んだきつい言葉を舌にのせる。

「私は私の仕事をしているだけです。鳴海警部補、あなたにとやかく言われる筋合いはありません。――この無礼な手を退けなさい！」

命じる言葉を口にすれば、鳴海は静かに目を瞠って、それからゆっくりと手を退けた。

「失礼いたしました」

捧読みにしか聞こえない詫《わ》びの言葉になど応えず、見城はドアを開ける。薄暗い廊下にドアの閉まる音が響いて、しかしそれがもう一度開けられる音は、硬質な靴音が廊下の向こうに消えるまで、聞こえることはなかった。

廊下を遠ざかる足音を、室内に残された男は、ドアに肩をあずけて聞いていた。

「困ったキャリア殿だ」

眼鏡を外して、落ちてきた髪を掻き上げ、鳴海は深い溜息をつく。

何より一番困るのは、そんなことを呟きながらも、口許が緩んでいる自分自身だ。状況は、それなりに逼迫しはじめているというのに。

鳴海に言われたからそうしたわけではなく、結局あのあと通常業務に追われて、見城は中尾の素行調査のつづきができないでいた。

連日、接待と称して上司に連れまわされて、どこかで顔を見かけたことのある面々に名刺を差し出し、腰を折りつづけた一週間。自分は政治に興味などないのに、キャリアだというだけで、なぜその後の人生を見据えた根回しのようなことを、己の意思とは関係なくさせら

同じことばっかり……」

「なんだってもう、どの人もこの人も『私設秘書にならないか』って、判で押したみたいに

れなくてはならないのか。

ウンザリと溜息をつきつつ、大通りでタクシーを降りて、酔い覚ましに自宅までの小路を歩く。

こういうときに、母似でアルコールに弱い体質が恨めしい。お偉方の酌は断れないし、かといって前後不覚になるような失態は曝せないし、断りどころが実に微妙だ。

そんなことをつらつらと考えながら、坂を上る。

駅から放射状に道の伸びるこの街は坂が多く、普段車で移動するときにはさほどの不便は感じないが、徒歩でとなると結構な体力を使う。しかも今日は、そこそこ呑んだあとだ。

静まり返った深夜の住宅街。

風に当たろうと、高台に出て、眺めのいい道を歩く。

街の外れのこの場所は、見城が子どものころから、気分が塞いだりすると、よく来た場所だ。今は、中天に差しかかった月が、藍《あい》の夜空にぽっかりと浮かんで見える。

そもそも徒歩で歩く人の少ない住宅街は、この時間になるとほとんど人影が見られない。その外れともなればなおのこと。

だが、幼いころから慣れ親しんだ街を歩くのに、いささかの不安もなく、見城はあえて静

かな場所を選んで足を進める。多少遠回りしながら、自宅への道程をゆったりと歩いていた。高い塀に囲まれた洋館風のお屋敷の角を曲がり、住宅地の開発から取り残された小高い森の脇道《わきみち》へ。

閑静な住宅地のなかでも、さらにひっそりとした場所に差しかかったときだった。

藍色の闇《やみ》に響く靴音。

自分のものにかぶる音は、ひとりかふたり。……いや、四人分？

見城は、めずらしいな、と首を傾《かし》げた。一度足を止めてしまったほどだ。

すると、聞こえていた靴音も、次いで止まる。

——……？

妙だとは思ったが、最近は近所を散歩することもなかったし、住人の様子も変わってきたのかもしれないと、気にせず歩みを再開した。

音が反響するような、背の高い建物はない一帯。なのに、靴音だけがやけに大きく鼓膜に届く。

ふいに背筋を冷たいものが突き抜けた気がして、見城はぶるりと身体を震わせた。

——なんだ……？

なんだろう、この肌にまとわりつく気持ち悪い感覚は。

スーツの下で、見えずとも鳥肌が立っているのがわかる。首筋がゾクゾクする。風邪《かぜ》のひきはじめの症状に似て、けれど全然違う重さのようなものを感じる。

それが、俗に殺気と呼ばれる気配であることに、剣呑《けんのん》な事態に慣れない見城は気づけない。

だがそれでも、尋常ならざる気配が迫ってくることには、気づけていた。

知らず歩幅が広くなって、歩みが速くなる。

それが限界に近づき、本能的な何かに頭よりも身体が先に反応して、駆けだそうとした瞬間のことだった。

「……っ⁉」

背後には道路しかなかったはずなのに。ふいに左右から人の手らしきものが伸びてきて、口を塞がれた。

「な……っ、……っ」

そのまま脇の茂みに引きずり込まれ、樹木の幹に叩きつけられる。それを抱くような恰好で背後から押さえ込まれて、左右から伸びてきたまた別の手に、動きを封じられた。

全部で三人。

見城の耳に四人に聞こえたのは、音が反響していたからなのか。

無遠慮な手がワイシャツの胸元をまさぐり、着衣を乱しはじめる。殴られ蹴られするならわかるが、暴漢三人が何をしようとしているのか理解できず、見城はただ呻くしかない。

だが、次いで男の手がスラックスの前に伸びたのに気づいて、ギクリと全身を強張らせた。

何者かわからぬ手が、見城の身体を嬲《なぶ》りはじめる。

まさか…と、目を瞠ったとき、耳に生温かい息がかかって、背後の男が興奮していることを伝えた。

——う…そ、だろ……？

自分が暴行を受けようとしていると、やっと気づく。それも、性的な意味で。

手荒くベルトを緩められ、恐怖と気持ち悪さとに半ばパニックに陥った見城は、火事場の馬鹿力で暴れはじめた。

「こいつ……っ」

それまで極力声を出さないようにしていたのだろう暴漢のひとりが、低く毒づく。まだ若い男の声だった。

がむしゃらに暴れて、身体に触れる手を滅茶苦茶《めちゃくちゃ》に振り払う。爪がガリッと何かを引っ掻いて、背後からのしかかっていた重みがわずかに退いた。

「こ…の、やろ……っ」

さっきとは、別の声。

「放…せ……っ！」

口を塞いでいた手が外れて、やっと声を発することができた。

「おとなしくしやがれ……！」

とうとう我慢しかねたのか、ひとりが怒鳴る。

拳が風を切る音が聞こえて、殴られることを覚悟した。反射的に首を竦め、かろうじて衝撃に耐えようと肉体が本能的な回避行動をとる。

だが、見城の身体を衝撃が襲う前に、背後で悲鳴が上がった。

「う…わ、あ！」

「ぎゃあ……っ！」

それと同時に、バキッ！　ドカッ！　と、衝撃音。

「う……っ、ぐえ……っ」

苦しげな呻きにつづいて、ドスッ！　と一際重い音が響いて、ドサリと何か重いものが地面に頽れる。

乱されたスーツの前をあたふたと引き合わせ、茂みのなかを這いずっていたら、背後から肩を掴まれた。

「……っ！　放……っ」

反射的に振り上げた腕は、「俺だ」という声とともに、覚えのある感触に制される。

「……え？」

恐る恐る背後を振り返った見城の視界に飛び込んできたのは、いつもは整えられている前髪を乱した鳴海だった。

「鳴…海、刑…事……」

どうして？　と問うこともできず、男を凝視する。その背後で、地面に倒れ込んでいた三人がゆらりと立ち上がるのが見えて、目を瞠った。

だが、さらに襲いかかってくるかに思われた三人は、捨てゼリフを残して、闇に消えてしまう。サッと見城の前に立ち塞がった広い背中越し、「逃げ足の早いやつらだ」と毒づく声が聞こえた。

その背に、ヘナヘナとしなだれかかってしまったのは、暴漢の足音が消えたから。

見城の身体が崩れ落ちかかっていることに気づいた鳴海が、サッと腕を差し伸べ、支えてくれる。

「大丈夫……じゃなさそうだな」

「いいえ、大丈夫です。殴られてはいませんから」

震える声で、それでも毅然と返す。

性的暴行のほうも未遂だったが、そちらを口にするのは憚られた。

見城の身体を引きずって道路に出た鳴海は、その身体に大きな傷がないことを確認して、それから乱された着衣に手を伸ばしてくる。それを整えてくれようとするのを断って、見城は震えて自由にならない手で、それでもなんとか乱れをなおした。

「あいつら、逃がしてしまいましたね」

気遣う言葉をかけられるのがたまらなくて、先にそんなふうに言葉を紡げば、鳴海は「心配ない」というように肩を竦め、ポケットから何やら取り出す。それは派手にデコレーションされた携帯電話だった。

「あいつらのひとりを殴り倒したときに拝借した」

そして、テンキーを操作しはじめる。

「どうやら自前のケータイらしいな。すぐに持ち主が判明するだろう」

「……あの一瞬に？」

見城を気遣っていたら、暴漢を追うのは不可能だ。こういった場合に備えて、刑事はふたり一組で行動するのだから。それをはじめから計算に入れて、逃げたやつらを追えるように手段を講じたらしい。

呟いた途端、膝からガクリと力が抜けて、鳴海の腕に支えられる。その広い胸に倒れ込んで、見城は深く息を吐いた。暴漢を検挙できるとわかって、かろうじて張っていた気が抜けたのだ。

「やっぱり、大丈夫じゃないな」

「すみません。こういう事態に慣れていないもので」

飄々としている鳴海に比べて、震えているしかない自分が不甲斐《ふがい》なくて、助けてもらったというのに拗《す》ねた声で返してしまう。そのあとでやっと、「どうして？」と見城は問いを口にした。

　鳴海の胸に寄りかかった恰好で顔を上げて、間近に男の顔を見上げる。

「どうして、ここに？」

　見城が口にしたあたりまえの疑問に、鳴海は答えず、ただ眼鏡の奥の目を細める。

　見城の身体から震えが引いたのを確認するように背を撫でて、ひとりで立てるかを確認したあと、少し先に放置されたままになっていた、暴漢に襲われたときに投げ出してしまった見城の鞄《かばん》を取り上げた。

「鳴海刑事？」

「送っていきましょう」

　口調が、いつものものに戻ってしまった。

「明日《あした》からは、タクシーを使ってください。警視殿のお給料なら、その程度の負担は平気でしょう？」

　わざわざ茶化した言葉まで付け加えて、それから見城の背を、自宅方向へと促す。その様子から、鳴海は見城の自宅住所を知っているのだと察した。

　背を押されて、見城はそれに抗うように足を止める。

「警視殿？」

　見城の顔を覗《のぞ》き込んでくる鳴海の眼差しに気遣う色が滲んでいるのを見とって、見城は言葉を紡いだ。

「帰れません」

鳴海の眉間に、皺が刻まれる。

「こんな恰好で、帰れません」

街灯に照らされて露わになった自身の恰好を見下ろして、大きな溜息をつく。

すると、合点がいったのだろう、鳴海は黙って頷いた。

「ホテルを手配しましょう。どこかご希望はありますか?」

自宅とは反対方向に見城の足を促しつつ、鳴海が携帯電話を取り出す。質問には答えず、見城は通話ボタンを押そうとした鳴海の手を止めた。

「……誰とも、顔を合わせたくないんです」

何者だったのかも、その理由もハッキリしないが、ただひとつ明確なことがある。ただ殴る蹴るといったやり方ではなく、性的な暴行をされかかったのは、そのほうが男である見城に与える精神的ダメージが大きいからだということだ。

そんな負の感情を向けられた直後に、家族の顔など見られない。一方で、知らない人間の顔を見るのも怖い。不甲斐ないことに、再び震えを感じて、見城は唇を噛んだ。

ただ静かな場所で落ち着きたい。そういう意味だと匂わせると、鳴海は携帯電話をしまい、見城の肩を支えるように手を添えてくれる。

歩けるかと問われて、黙って頷いた。駅の近くに車を停めてあるからと説明されて、そこからどこへ行くのかとも問わず、見城は鳴海に従う。

「あなたがお嫌でなければ」

そんな前置きのあと車が向かったのは、鳴海の自宅。

忘れられない出会いを果たした、あの家だった。

7

近所に二十四時間受け付けているクリーニング店があるからと、見城《けんじょう》が風呂《ふろ》を借りている間に、鳴海《なるみ》は汚れたスーツ一式を持って、徒歩で五分ほどの場所にある店まで出しに行ってくれたらしい。

埃《ほこり》を洗い流してくるといいと言われて、湯船にたっぷりと湯の張られたバスルームに押し込まれ、辞退を申し出る気力もなくなっていた見城は、なるようになれといった、半ば投げやりな気持ちで風呂を借りることにした。

だが、湯に浸《つ》かってみたら思いのほか心地好《ここちよ》く、強張っていた身体中の筋肉が緩んでいくのを感じて、ホッと安堵の息をつき、ついつい長湯をしてしまった。

さすがにまずいと思って慌てて湯から上がったら、脱いだはずの衣類——下着までが消えていて、かわりにふたまわりも大きいスウェットの上下とパッケージに入ったままの新しい下着が脱衣所に置かれていたのだ。

「とりあえずこれでも飲んでひと息ついていてください」

促されてリビングのソファに腰を落とした見城の前に、わずかに茶色に色づいたホットミルクが置かれる。その独特の香りから、アイリッシュクリームが垂らされているのだと察した。

「子ども扱いするなと怒らないでくださいよ。もうこんな時間ですから」

その言葉には、噛みつくことなく黙って頷いて、見城は出されたマグを手にとった。

見城が、湯気を立てるホットミルクに口をつけたのを見届けて、今度は鳴海がバスルームに消える。

ソファの上で膝を抱えて、マグを両手に持ち、チビチビと飲んでいたら、二十分も経たないうちに鳴海が風呂から上がってきて、ちょうど空になったマグを取り上げ、かわりに乾いたタオルを頭にかぶせられた。

「まだ濡れてますよ」

「……ありがとうございます」

礼の言葉とともに顔を上げたら、これまで見たことのない相貌が目の前にあって、見城はゆるりと目を見開いた。

眼鏡をとった顔は以前に見たことがあるが、しっとりと濡れた髪が額に落ちかかったその相貌には、いつものインテリ然とした雰囲気は微塵《みじん》もない。逆に、夜の街に生きる派手な男たちに通じるような、艶《あで》やかささえ感じて、見城は長い睫を瞬いた。

スウェットの下をはいただけ。惜しげもなく曝された逞《たくま》しい肉体は、刑事としての職務をまっとうするために鍛えられたものだ。相貌を彩る艶とアスリート並みに鍛えられた肉体が奇妙なまでのアンバランスさで、牡の魅力を際立たせている。水商売系の女性が云々《うんぬん》…などと、噂も立つはずだと思わされた。

見城が何に目を奪われているのかに気づいたのだろう、鳴海は苦笑して、「この手の顔は体育会系では嫌われますからね」と、それを隠すための伊達《だて》眼鏡であることを認めた。

キッチンからミネラルウォーターのペットボトルを持ち出してきた鳴海は、見城の向かいのソファに腰を下ろし、濡れ髪を掻き上げる。

「前から言おうと思っていたんですが、その言葉遣い、なおしたほうがいいですよ」

「……言葉遣い？」

「目上の方に対してはそれでいいですが、我々下の者に対しては、命令口調でいいんですよ。あなたは警視で監察官なんですから」

「……だからあなたも、そんな言葉遣いをされるんですか？」

階級が違うから、立場が違うから、それを明確にするためにそんな言葉遣いをするのかと問えば、鳴海は「それが当然でしょう？」と小さく笑った。

たしかに、それが当然だ。

上下関係の厳しい組織なのだから。

けれど、見城には、鳴海の慇懃な態度に、どうしても別のものが含まれているように感じられてならない。嘲《あざけ》られている、とまでは言わないが、呆れられているように感じてしまうのだ。

とくにこんなふうに、助けられたあとでは。

「彼らは、何者なのでしょうか？」

話題を変えたかったのと、鳴海がどう感じたかを訊いておきたかったのもあって、見城は呟くように問う。

「私に恨みを持つ方たちだったのでしょうか？　それとも、私に恨みを持つ誰かが、雇った者たちなのでしょうか？」

自宅にかかってきた無言電話と、同じ相手なのだろうか。それとも別口なのだろうか。自分はそんなに多くの恨みを買ってしまったのだろうか。

「監察官を拝命したときから、覚悟の上でした。でも……っ」

覚悟はできているといくら口で言ったところで、経験してみなくては、その覚悟の重さはわからない。

成績だったり容貌だったり父の肩書だったり、さまざまなものをネタに、学生時代から妬まれたりひがまれたりすることはあったけれど、そういった歪んだ嫉妬と暝《くら》い怨情とでは、根本的に質が違う。精神に与えるダメージが、全然違うのだ。

膝を抱え、視線を落とした見城の耳に、深い嘆息が届く。

情けないやつだと思われたのだろうかと、身の置き場のない気持ちに駆られていたら、向かいからポツリと言葉が返された。

「悪い」

「……え？」

想像外の単語を聞いて、見城は小さな驚きの声とともに顔を上げる。

まっすぐにこちらを見つめる眼差しとぶつかって、一度絡まった視線は、逸らせなくなってしまった。

「あんたのせいじゃない。俺のせいだ」

「……？　どういう……」

眉間の皺を深めてみせると、鳴海は半分ほど飲み干したペットボトルの蓋を閉め、ローテーブルに置く。見城の問いには答えずキッチンに入ると、瓶ビール二本を手に戻ってきた。小ぶりなボトルが特徴的な、ベルギー製のトラピスト・ビールだ。

呑むかと瓶を差し出されて、首を横に振ることで応える。

もうアルコールは充分だ。今は頭をクリアにして、話をしたい気分だというのに。

見城が眼差しを強めたことに気づいているだろうに、鳴海は気にする様子もなく、ビールを呷《あお》りはじめた。

話す気がないのだと、気づく。

自分のせいだと言っただけで、どうしてそういう結果になったのか、その原因も経緯も、語ってくれる気がないのだ。

そっちがその気なら…と、見城は身を乗り出す。そして、鎌をかけるつもりで、言葉を紡いだ。

「あなたが調べていることに、関係している、ということですか？」

鳴海は、石倉《いしくら》の一件を調べている。その鳴海が自分のせいだと言うからには、自分が無茶をしたせい、つまり通常の仕事外でしでかしたことの結果だ、ということになる。

そして、見城が上から注意を受けたと知って、掌を返した先日の態度からも、こんな状況に陥ってもおかしくない、剣呑な事態に直面しているのだろうとアテをつけた。

だがそれなら、鳴海自身が狙《ねら》われるはずだ。見城は、石倉の件にはほとんど首を突っ込んでいない。監察官として知り得る情報を鳴海に強引に奪われはしたが、それだけだ。

「なぜ私に……」

呟いたとき、あることに気づいた。

鳴海は、通常の捜査とは別に、石倉のことを調べていた。

そして自分は、やはり許しもなく、勝手に中尾《なかお》を調べている。

「あ…」と小さな声が漏れて、それによって見城のなかで、ふたつがひとつに繋がったことを察したのだろう、鳴海は大きな溜息をつく。もはや隠し通せないと諦めてくれたのだろうか。

だが、それを指摘した見城の問いに対して返されたのは、期待はずれの言葉だった。

「どういうことです? 石倉刑事の自殺の一件と、中尾刑事の不正が関係しているんですか?」

「全部話したら、手を引くか?」

理由が知れたら、鳴海の忠告どおり中尾の調査をやめ、石倉の件も一切関与していないことにして、上から何を言われてもシラを切りとおせるかと言われて、見城は目を瞠った。

「……! そんな勝手な……っ」

そもそも最初に自分を巻き込んだのは鳴海だというのに。自分は足手まといだと、邪魔だと、そう言うのか。

「ああ、勝手だとわかってる。だが、あんたの身の安全のためだ。また襲われたどうする?」

「……その危険性に気づいていたから、ですか? だから、あのタイミングで助けて……」

あんな場所に、たまたま居合わせるわけがない。見城の身を案じて、鳴海は様子を見に来たのだ。それだけの危険が見城の身に迫る可能性があると、鳴海にはわかっていた。わかっていて、自分には何も知らせず、自分の知らないうちに危険を回避できればそれに越したこ

とはないと、そう思っていたのだ。

だが、それはかなわなかった。だから、話してもいいが手も口も出さないと約束しろなんて、勝手なことを言いだしたのだ。

「あのケータイをもとに閤田《ごうだ》が連中を追ってる。じきに連絡が入るはずだ」

「……！　だったら、あなたも……」

すぐに捜査に向かわなくていいのかと声を荒らげれば、

「捜査は分担してる」

今現在も仕事中だと返された。

「……分担？」

「俺が請け負ったのは、警察庁の将来を担う頭脳を守ること。巻き込んじまった責任をとって、あんたを説得すること、だ」

反射的に罵声《ばせい》を浴びせようとして、けれど見城は、それを懸命にこらえた。怒鳴ったところで、状況が変わるわけもないと思ったからだ。

「襲われた私には、その理由をお聞きする権利があると思います」

静かに責めれば、鳴海は「そうだな」というように頷く。

空になった瓶をローテーブルに置いて、首から下げていたタオルで半乾きの髪を今一度拭《ふ》いた。それをソファの背に投げて、じっと視線を逸らさない見城に根負けしたように口を開く。

「俺は、石倉は、中尾本人かもしくは中尾が繋がってる連中に殺されたと踏んでる」

「……!?　中尾刑事が？」

石倉は、同僚の手にかかった可能性があるというのか。

「まだ証拠はない。だが、あんたも気づいただろうが、中尾が不正を働いているのは間違いない」

石倉は、中尾の不正に気づいたのではないか。そして口封じされたのではないか。

鳴海が辿り着いたのは、複雑に見えて、その実単純な構図だった。本来あってはならないことだが、本庁所轄問わず、捜査二課には昔からつきまとう犯罪だ。

昔は、ほとんどが隠蔽《いんぺい》されてきた。内部で処理して、辞職という名の懲戒に持ち込み、なかったことにしてきた。だが昨今は、そういうわけにもいかなくなっている。隠蔽したことがバレれば、不正の事実以上に世間の批判を浴びる可能性もある。そういった懸念から、人身御供《ひとみごくう》のように、末端の捜査員だけが切り捨てられ、あたかも一個人の犯罪だとして片づけられる例も多い。

だが、そんな単純な犯罪ではないことのほうが、実際には多い。つまり、一個人の不正ではなく、組織だっての不正、だ。

「まさか、二課長も？」

「さあ、どうかな。実際がどうであれ、証拠を挙げられなければ意味がない。芋蔓式《いもづる》に、といけばいいが、蔓は簡単に切れるだろうな」

そうしたらもう、どこを掘り起こせばいいのかわからなくなる。闇雲に漁《あさ》るわけにはいかないのだ。

「そんな話を聞いてしまったら、もう……っ」

そこまで聞かされて、黙って見ていろと言うのか? それが約束だと言われても、聞けるものではない。

「これは我々の仕事です、監察官殿」

「……っ」

また、鳴海の口調が変わった。

そして、見城は気づく。

鳴海のこの慇懃な言い草は、見城に対してのものではなく、彼自身の心理防壁なのだと。

こうして一線を引くことで、見城を安全圏に戻し、自分ひとりだけ危険に身を投じようというのだ。

「あなたには、あなたの仕事があるはずです」

そもそも事件捜査は見城の仕事ではない。中尾に容疑がかかっているのだとしたら、それはもう監察の範疇を超えている。

「私に中尾刑事の名を教えたときには、もう事件の一端を摑んでいたんですね」

「不正の尻尾を摑むために、そうした土壌があるのか否か、情報が必要だったんです」

刑事が犯罪を犯すきっかけはさまざまだが、家族や借金といった、何かしら弱みを握られて、そうせざるを得ない状況に追い込まれて、当初はしかたなく…というパターンが多い。それでなければ、金の亡者か根っからの悪党かのどちらかだ。

「だったら、私にもできることが……っ」

監察官にしか知り得ない情報があるし、自分にしかできないことがあるはず。それが捜査の役に立つはずだと訴えれば、容赦なく切り捨てられた。

「正直、キャリアにでしゃばってこられると、現場は迷惑するんです。——前にも言いましたよね？」

「……っ、それは……わかっています。でも……っ」

いつもの甘さを含んだ声ではなく、冷淡にも聞こえる抑揚のない声に一刀両断されて、見城は唇を戦慄かせた。

鳴海の言葉が、真実嫌味として発せられたものなら嚙みつきようもあるが、いかに冷たく聞こえても、見城の身を案じてのものとわかるから、言葉がつづかなかったのだ。

膝を抱えた見城を、鳴海は二階の寝室へと促す。

自分は、いつ闇田から連絡が入るかしれないから、リビングのソファで休むから、と。

動こうとしないで子どものように意地を張っていたら、二の腕を摑まれ、強引に引き上げられてしまった。引きずられるように階段を上り、ベッドルームを兼ねた鳴海の自室に連れ込まれて、さっさと寝ろといわんばかりに肩を押される。

そういえばこのベッドは……と、出会いのときのことを思い出してしまって、見城はうろたえた。

それが伝わったのか、鳴海は何も言わず背を向けてしまう。

ふいにその背を引き止めたい気持ちに駆られて、気づけば見城は、これまで誰にも語ったことのない話を、持ち出していた。

「私は、本当は刑事になりたかったんです」

足を止めた鳴海が、呆れた顔で振り返る。

「……キャリア試験を受けた時点で、現場勤務は無理だとわかってたでしょうに」

そのために、キャリア試験を受けられるだけの頭脳がありながら、わざわざノンキャリアで入庁して刑事を目指す者もいるくらいなのだ。

「それが、条件だったんです。母が反対していて」

どうしても警察官になりたいと言ったら、夫の姿を長年見てきた母には何か思うところがあったのだろう、キャリアとしてならという条件をつけられた。それでも見城は、警察官になりさえすればなんとでもなるだろうと前向きに考えていたのだが、現実はそう甘くなかったのだ。

「この細腕では、警察学校の厳しい訓練なんて、到底耐えられませんよ。ペンより重い物を持ったことがありますか？」

手首を摑まれ、目の高さに持ち上げられる。

「……！　どうせ……っ」

この空間での接触に耐えられなくて振り払えば、話をする気になったのか、鳴海はベッドの傍らの椅子に腰を下ろした。促されて、見城はベッドの端にそろりと腰を落とす。そして鳴海は、しょうがないな…と苦笑しながら、言葉を吐き出した。

「キャリアにはキャリアにしかできないことがある。我々には我々にしかできないことがある。それでいいんじゃないですか？」

「それは……わかっています」

わかっているのと、できるのとは、別問題なのだ。

やりたいこととやれることがかならずしも合致しないことも、もちろんわかっているけれど。

「石倉刑事とは……、その……、鳴海刑事の大事なひとの息子さんだとお聞きしたので」

見城にそれを漏らしたのは闇田であって、鳴海の口からは何も聞いていない。

なぜそんなに必死になるのか。もちろん、ほかの事件だって、寝る間も惜しんで捜査するのだろうが、そこまで思い入れる理由はなんなのかと問えば、閤田のやつ…と、口の軽い相棒に毒づきながらも、鳴海は口を割った。

「自分に刑事のイロハを教えてくれた人の息子さんですよ。刑事としての何もかも全部、石倉の親父《おやじ》から教わりました」

亡くなった今でも、刑事として人間として、一番尊敬している人なのだと、虚空を見つめて鳴海は言う。

「刑事の？　じゃあ、大切なひとって……」

鳴海から聞かされた内容に、見城は唖然と目を瞠った。自分がとんでもない勘違いをしていたことに、気づいたからだ。

鳴海に、怪訝そうな顔を向けられて、カッと眦が熱くなる。「何か？」と問われて、言葉に窮した。

「……いえ、なんでもありませんっ」

慌てた見城は、早口に言って、ふいっと顔を背ける。

「ひと」と、声に出せば皆同じに聞こえるが、「人」のほかに「女性」など、さまざまな文字を当てはめることが可能な言葉だ。

黙ってしまった見城を訝って、鳴海が顔を覗き込んでくる。その視線から逃げるように身体ごとそっぽを向くと、腹立たしいほどに察しのいい男は、声に愉悦を滲ませた。この男、根本的にイジメっ子体質なのではないか。そんな疑惑すら湧《わ》いてくる。

「妙な誤解してませんでしたか？」

「……！　し、してませんっ」

カッと頬が熱くなって、けれど見城は、必死に頭を横に振った。

「あ、あなたはっ、いろいろ派手にお付き合いなさっているようなので、そういうお相手のひとりなのかと……っ」

鳴海の視線に耐えきれなくて、つい声を荒らげかけ、その途中で言葉を切る。

「す、すみませんっ」

自分の失言に気づいた見城は、故人とその家族を冒瀆《ぼうとく》する発言だったと、素直に詫びた。するとと鳴海は、困った顔で眉を歪める。

「石倉の写真、見たことあるでしょう？」

「……？　ええ」

精悍《せいかん》な顔をした、好青年だった。スポーツに勤しんでいたことがわかる、大柄な青年。

「それで、そんな誤解を？」

「……何か、おかしいでしょうか？」

「……いや」

ククッと、たまりかねた様子で鳴海が肩を揺らして、その笑いは徐々に大きくなる。

「鳴海刑事！」

何を笑っているのかと叱責《しっせき》すると、鳴海はややあって笑いを引っ込め、見城に真摯《しんし》な顔を向けた。

「巻き込んでしまって申し訳ありませんでした、見城監察官。ですがどうか、忘れてください。あなたの身の安全のためです」

いまさらだ。

そんな見城の心中の呟きが聞こえたのか、鳴海はさらなる苦言を発した。

「放っておいたら、あなたはどんな無茶をするかしれない。このまま勝手に動いたら、本当に閑職に追いやられますよ」

「そんなことくらい……」

ついポロッと零せば、今度は正論で返される。

「そんなこと？　お父上の顔に泥を塗るんですか？　それでいいんですか？」

「……っ」

いいわけがない。父に迷惑をかけるわけにはいかない。そもそも見城には、組織に歯向かう気などないのだ。ただ、目の前にある犯罪を見逃せないだけで……。

ぎゅっと膝を抱える指先に力を込める。スウェットの布地に皺が寄って、ただでさえ白い指先が、血色を失ってさらに白さを増した。

しょうがないですね、と傍らから長嘆が漏れる。

「もう一度お灸を据えられたいんですか？　あれで懲りたと思っていたのに、――ったく」

そんな揶揄が落とされて、見城はカッと頬に血を昇らせた。

「あ、あれは……っ」

やっぱり、自分を諌めるためにしたことであって、それ以上でもそれ以下でもなかったのか。

きゅっと唇を噛んで、なぜか粟立《あわだ》つ胸を押さえる。

そして、負けん気だけを原動力に、言葉を吐き出した。

「やればいいでしょう!?　でも、私は引きませんからっ」

傍らの鳴海が、息を呑む気配。

それに、少しだけ胸がすく。

すると今度は言葉が止まらなくなって、見城は余計なことまで口にしてしまった。

「そうやって、私を辱めて揶揄って、それで気が済むのならやればいいんですっ。写真でもビデオでも好きに撮って、また私を脅せばいいでしょう!?　でも私は……っ」

これだから世間知らずのキャリアは困ると呆れられても、それでもいまさら見て見ぬふりはできないと訴える。

だが、その口を閉じさせるに充分な短い言葉が、予期せぬほど近くから届いて、見城はビクリと肩を揺らした。滑らかに滑り出ていた言葉がピタリと止まった。ギシッと、ベッドスプリングが音を立てる。

「泣いても知りませんよ」

鼓膜に直接声を注がれている錯覚に陥る。それくらいすぐ間近に、低く甘い声が囁いているのだ。

「……っ、泣いたりしませんっ」

「震えてるくせに？」

「……!? 震えてません！」

脊髄《せきずい》反射で言葉を返しているうちに、状況が見えなくなる。

「いつもいつも私を揶揄ってバカにして……っ、もう絶対にあなたの言いなりになんてならな……っ、……！」

今こそ、これまで溜《た》めに溜めたものを吐き出してやるとばかり喚いていたら、その口が、唐突に何かに塞がれた。

ハッと目を瞠ったら、すぐ間近に、切れ長の瞳。以前にも一度だけ、すぐ間近に見たことがある、艶めいた瞳が目の前にあった。

「……んんっ！」

自分から言葉を奪ったのが見城の唇であることにようやく思い至って、カッと思考が焼きつく。肩を押し返す間もなく背中からベッドに倒されて、見城は全身に震えが走るのを感じた。

「揶揄ってるんじゃない。心配してるんだ」

唇に吐息が触れる。それにゾクゾクと背筋を粟立たせながら、それでも見城は懸命に言葉を返した。

「揶揄っているようにしか聞こえませんっ」

憎まれ口が、男の低い笑いを誘う。呂律《ろれつ》がまわっていない理由に気づいて、カァッと頭に血が昇った。

今一度口を塞がれて、今度は深く貪《むさぼ》られる。抗う手段など思いつけない見城は、ただただ翻弄された。のしかかる重みの心地好さに自然と瞼が落ち、身体をまさぐる大きな手がスウェットのなかに侵入を果たしていることにも気づけないほど、思考を蕩かされる。

気づけば、トップスのファスナーは全開にされ、まだ湯の名残《なごり》を残した白い肌の上を、探るように指がなぞっていた。

「……！　んっ」

長い指が胸の突起に触れて、捏《こ》ねられたわけでも抓《つね》られたわけでもないのに、喉が甘く鳴り薄い背が戦慄く。

深く浅く、繰り返される口づけに言葉を奪われたまま、肌を震わせる感覚に耐えかねて、見城は男の二の腕に爪を立てた。その行為を咎めるように胸の突起を摘《つま》まれて、痛みだけではない感覚に慄《おのの》く肉体が本能的に逃げを打つ。

「は……ぁ……」

やっと長い口づけから解放されて、肺いっぱいに酸素を吸い込んだら、上から抑えた笑いが落ちてきた。自分の不慣れさを笑われているのだとわかって、見城は欲情に烟《けぶ》りはじめていた目を眇《すが》める。その瞼の上に淡いキスが落ちてきて、深い息をつき、シーツに身体を沈めた。

なぜおとなしくされるがままになっているんだろうかとか、このまま流されていいわけがないのにとか、さまざまな思考が過《よぎ》るのに、そのどれもが、わずかな時間すらとどまることなく流れ去っていく。

腫《は》れぼったくなるほど吸われた唇は、抗議の言葉のかわりに掠れた息を吐き、肩を押し返そうと伸ばしたはずの手は、いつの間にか男の首にすがっている。

虚《うつ》ろな視線を巡らせば、まるでこちらの表情を観察するように注がれる密度の濃い視線とぶつかった。

髪が下ろされ、表情を遮る眼鏡もない相貌は、知っている相手の一面でありながら知らない男の顔のようにも見えて、見城に非現実感を植えつける。

頬をなぞる唇が首筋を伝い落ち、鎖骨を噛んで、すでにぷっくりと起《た》った胸の突起を吸った。

「ひ…っ、あ…ぁ……っ」

ジクジクと疼くような感覚が広がって、ただでさえおぼつかなくなっていた思考に霞みがかかる。肉体が快楽を追いはじめるのがわかっても止めようがなく、羞恥に身悶えながら与えられる感覚を甘受するよりない。

突然鋭い感覚が背を突き抜けて、欲望を直接握られたのだと気づく。鳴海の手に扱《しご》かれるそれは、触れられる以前から兆し、先端から厭らしい蜜を零しはじめていた。

「や…ぁっ、ダメ……だっ」

濡れた音が聞こえて、羞恥に耐えられず、男の肩に額を擦りつける。

だが、嬲る手は離れるどころか、その動きはもっと淫猥《いんわい》さを増して、見城の欲望を追い立てた。

「あ…く、うっ」

内腿が震え、爪先がシーツを掻く。膝を立てたら、のしかかる男の身体を太腿で挟み込む恰好になってしまい、身体の密着度が増した。人と人は、ピッタリと抱き合える構造になっているのだな、なんてどうでもいいことが頭に浮かぶ。

身体の中心から湧き起こるものをこらえきれず、頭《かぶり》を振って身悶え、すがりつく腕に力を込める。解放の期待に白い喉《の》を仰け反らせたとき、与えられていた刺激がふいに去って、見城はぎゅうっと瞑っていた目を見開いた。

「あ……」

半開きになった唇から零れたのは、期待を削がれた溜息。だがそれがすぐに嬌声《きょうせい》に取ってかわられる。

「や…ぁ、あぁ……っ！」

見城の欲望を嬲っていた大きな手が外されたかと思ったら、次の瞬間には、身を屈《かが》めた男の口に、すっぽりと包み込まれていたのだ。

「や…め、そんな……っ」

卑猥な音を立てて、欲望が男の口腔《こうこう》に扱かれる。絡みつく舌の熱さと、その行為を煽《あお》るように添えられる指の動きとが、目も眩《くら》むような快感を生み出す。

あっという間に限界まで追い上げられて、見城はこらえる間もなく、鳴海の口内に白濁を吐き出してしまった。

「は…ぁ、あ……」

ビクビクと痙攣《けいれん》する腰を、大きな手が押さえ込む。

荒い呼吸に薄い胸を上下させていると、残滓《ざんし》に汚れた太腿を大きく開かれて、膝裏を支えられた。

「いや…だ、も……」

どこに何をされるのか、わかっているがゆえの恐怖が襲う。

あの夜、自分は鳴海の指にありえない場所を嬲られて、あられもない姿を曝したのだ。

けれど身体に力は入らなくて、しかも認めたくはないものの、どこかでこの先を期待している自分もいて、見城はたまらず両手で顔をおおった。

だが、視界を塞いだのは間違いだったかもしれない。次に襲ったのは、狭い場所を抉《こ》じ開ける指の感触ではなく、あらぬ場所を熱く滑《ぬめ》った何かに舐《ねぶ》られる感覚だった。

「……！　あ…なに……っ」

ピチャリと濡れた音が聞こえて、見城は指の隙間からうかがい見る。——が、すぐにぎゅうっと瞼を閉じてしまった。全身の血流が速くなって、ドクドクと脈打つ。

鳴海の舌に舐られる後孔は、徐々に潤んで綻びはじめ、そこからぞわぞわと快感が湧き起こる。さきほど放ったばかりの欲望は再び頭を擡《もた》げて、先端から蜜を滴らせ、卑猥な液体に濡れそぼっていた。

それが、舌に舐られる場所までを濡らしていく。

ころあいを見計らって侵入してきた長い指は、引き絞る動きを見せる内壁を掻き分けて、最奥へと到達する。感じる場所を擦り上げられて、見城は悲鳴を上げた。

「ひ……っ、あ…ぁ、や…ぁっ！」

抗いがたい衝動が襲って、欲望が弾ける。薄い色の蜜が胸まで飛び散って、淫猥な情景を描いた。

あの夜は、このあとすぐに意識を飛ばしてしまって、みっともない姿を撮られてしまった。

今日もこんな恥ずかしい姿を撮られるのかと、顔をおおっていた手を恐る恐る退ければ、自身の脚を抱えようとする鳴海の視線とぶつかる。

ほろほろと涙が紅潮した頬を伝って、見城は唇を嚙みしめた。

そこへやわらかく押し当てられる唇。

「嚙むな。傷になる」

何度も啄《ついば》んで、嚙みしめた唇を解かせようとする。やがて綻んだそこに舌が差し込まれ、濃厚な口づけがもたらされた。

その甘さに酩酊《めいてい》を覚え、思考がぐるりとまわる。

その隙に脚を抱えられて、ごく自然と男の首に腕を滑らせていた。

狭間《はざま》に触れる、熱。

それを認識して、ハッと目を瞠った瞬間、衝撃に襲われた。

「……っ！　や…ぁ、ひ……っ」

切り裂くように埋め込まれる熱い昂り。

背を突き抜ける衝撃の正体に思い当たって、全身の産毛が総毛立つ。

「い…や、痛…ぁっ、待……っ」

肩に爪を立てても、がむしゃらに頭を振って身悶えても、ダメだった。

深々と埋め込まれた熱塊が、敏感な内壁を抉《えぐ》る。

そのたび耐えがたい衝撃と引き攣《つ》るような痛みとが襲い、涙は止《と》め処《ど》なく流れるのに、その奥から湧き起こる形容しがたい何かがある。

やがて肉体が突き上げられる衝撃に慣れはじめ、身体の深い場所から湧き起こる何かによって痛みが彼方へと追いやられると、そこには甘く啜り啼く声と低い呻きとが残るのみ。

内臓が押し上げられるような感覚を覚えるほど深い場所を突かれるたび、熱塊を包み込む場所が蠢いて、新たな熱を生み出す。その熱によって、拓かれた場所が蕩けて、攻め立てる男にえもいわれぬ快楽をもたらした。

欲望のままに狭い場所を穿《うが》たれて、細い身体を揺さぶられ、嬌声が迸る。

「あぁ……っ！　や…ぁ、も……っ」

自分が何を口走っているのかもわからなくなって、本能のままに腰を振り、男の動きに合わせて内壁を引き絞る。白い太腿が逞しい律動を生み出す腰を締めつけ、もっととねだるように絡みついた。

「や…ぁ、——……っ！」

思考が白く染まって、感極まった声が迸る。

白い喉を仰け反らせ、細い背を撓《しな》らせて、見城は極みに駆け上った。熱い飛沫《ひまつ》がふたりの腹を汚す。最奥に叩きつけられる情欲が、罪深い歓喜を呼び起こした。

同じ男に貫かれ、汚された背徳が、筆舌しがたい快感となって押し寄せる。

「は…ぁ、ふ……」

余韻に震え、ジクジクと疼く内部が、いまだ力を失わない情欲に絡みついた。

汗に濡れた白い胸が、荒い呼吸に喘ぐ。

おおいかぶさってきた逞しい肉体の重みに、白濁していた思考が浮上をはじめる。

長い睫を瞬くと、溜まっていた涙の雫《しずく》が滴った。

それを追いかけるように、唇が落とされる。

背に爪を立てていた手を首へ滑らせ、ゆっくりと瞳を上げる。すぐ間近から、熱を湛《たた》えた瞳が見下ろしていた。

何か言わなくてはいけない気がするのに、言葉が見つからない。

男も、何も言わない。

かわりに、大きな手が汗に濡れた髪をやさしく梳《す》いて、その心地好さに見城はうっとりと瞼を伏せた。

繋がった場所が熱くて、吐息が震える。

もぞりと腰を蠢かしたら、埋め込まれたものが爛《ただ》れた内壁を擦って、ゾクリとした感触が背を駆け上った。

「ん……っ」

背を震わせ首を竦めると、上から低い呻きが落ちてくる。

もっとねだればいいのか、もうやめてくれと突き飛ばせばいいのか。そんなことも判断がつかなくて、見城はただしがみついているよりない。

すると、逞しい腕が腰にまわされて、力を失っていた身体が引き起こされた。

「や……っ、う…くっ」

繋がった場所が引き攣れて、鈍い痛みが生じる。

仰臥《ぎょうが》した男の胸の上に引き上げられる恰好で抱き込まれて、状況を把握したときには、目の前に男の顔があった。

「……！」

目を瞠って、でも逃げることもかなわず、視線を落とす。かろうじて身体を支えていた腕から力が抜けて、胸と胸が密着した。男の肩口に頬をあずけるように身体を伏せ、熱い息を吐いた。

繋がった場所は、いまだ疼いている。

そんな場所を拓かれたのははじめてだというのに、淫らなまでの反応を示している。

背にまわされていた手が背筋を伝い落ち、双丘を割った。健気に拓いて男を受け入れている場所を、指になぞられる。

「……っ、や…だ……っ」

男の喉元に額を擦りつけて身悶えると、低い笑いが肌から直接伝わった。

ゆるりと、腰をゆすられる。

埋め込まれたものが、徐々に力を取り戻しはじめる。

身体の間で、見城の欲望も熱く震え、その存在を誇示しはじめた。

頬に手が添えられて、顔を上げさせられる。

瞼を伏せたら、下から掬《すく》い取るように口づけられた。

「……んっ、ふ……」

喉が甘く鳴って、それに呼応するように、繋がった場所が戦慄く。

額と額を合わせて、互いの瞳の奥を覗き込んで、何度も何度も口づけ、果てぬ欲望を貪った。

けれど、言葉らしい言葉はかわさなかった。

甘い睦言《むつごと》もわかりやすい言葉も、何もなかった。あったのはただ、甘ったるい嬌声と熱い呻きだけ。

朝が訪れる前に、見城は男の腕のなかで意識を飛ばした。

なのに、陽《ひ》が高く昇って、深い眠りから目覚めたとき、隣に求める体温はなかった。

カーテンレールに吊るされた皺ひとつないスーツと、ソファの上の鞄。ローテーブルのまんなかに、鍵《かぎ》は持ち帰ってくれていいと書かれたメモ用紙。その上に、キーリングから外されたらしき小さな鍵がひとつ、ポツンと置かれていた。

殴り書きに近い筆跡を見て、仕事に向かったのだろうとアテをつける。

そのあとでようやく、小さなメモ用紙に、タクシー会社の社名と電話番号が印刷されていることに気がついた。

タクシーを使い、徹夜を装って何食わぬ顔で自宅に戻って、その日は一日ベッドのなかで過ごした。

事件が大きく動いたのは週明け。

見城がそれを知るのは、さらに数日が経過したあとのことだった。

8

「一歩遅かったか」

忙しく動きまわる鑑識の動きを目で追いながら、鳴海《なるみ》は小さく毒づいた。その傍らでは閤《ごう》田《だ》が、苦い顔で髪を掻き上げている。

ふたりの視線の先には、ブルーシートをかぶせられた遺体。点々と辺りに散る血痕。

「口封じ、だな」

「ああ、たぶんな」

公園の外れの、植え込みの奥。

殺人事件発生の報を受けて駆けつけた鳴海と閤田が目にしたのは、例の携帯電話を頼りに素性を洗っていた男——見城《けんじょう》を襲った暴漢三名のうちの主犯格だ——の、変わりはてた姿だった。凶器は鋭利な刃物だ。

「犯行は、昨夜の午前零時から二時の間だそうだ」

すぐ脇の遊歩道を散歩していた犬が茂みに向かって吠《ほ》えかからなければ、まず数日は見つからなかっただろう人通りの少ない場所。

「目撃者はまずいないだろうな」

闇田の呟きに、鳴海が唸る。

「交友関係をあらうぞ。残りのふたりが消される前に探し出す」

「すでに、東京湾に沈められてなきゃいいがな」

見城がなぜ襲われたのかをおおっぴらにできないから、鳴海が手に入れた携帯電話の存在は、ほかの刑事たちには明かせない。

「課長にだけ報告を上げておくか」

できれば見城に護衛のひとりもつけたいところだが、今の状況ではそれも厳しい。

――しばらくの間、おとなしくしててくれればいいが……。

「凶器が見つかったぞ!」

少し離れた場所から、同僚の声が上がった。ふたりは顔を見合わせ、駆けだす。

ゴミ箱に投げ捨てられていた刃渡り二十センチのサバイバルナイフから、指紋は検出されなかった。

見城が、新たに発生した殺人事件の概要を知ったのは、週半ば過ぎのこと。呼び出しを装って部屋を訪ねてきた闇田の口からだった。

なぜ鳴海が来ないのかと問いかけて、来られても困ると出かかった言葉を呑み込む。あの夜以降顔を合わせていないのはたまたまだが、合わせてもどんな態度をとっていいやらわからない。

それに何より、鳴海以上にチャラけた雰囲気がトレードマークのような男が、口調は軽いものの真剣な眼差しを向けているとなれば、それどころではなかった。

「殺された？　私を襲った男が？」

事件のことは知っていたが、被害者の顔写真が公開されていたところで、襲われたときにロクに顔など見ていなかったのだから、気づけるはずもない。つい先日起きた殺人事件の被害者が自分を襲った男だと、見城は闇田の口からはじめて知らされたのだ。

「こいつの口座に、分不相応な金が振り込まれていたんですよ」

「……報酬、ですか？」

金で雇われて自分を襲ったという意味かと問うと、闇田はゆるく首を横に振った。

「それも考えられますが……監察官殿を襲ったあとです。結局失敗していますから、報酬が支払われたとは考えにくい」

前金と思しき金は、それ以前に振り込まれているのだという。前金プラス成功報酬という依頼形態なら、成功しなかった場合は金が支払われないのが当然だ。

「なのに、あなたを襲ったあとに、大金が振り込まれているんですよ」

つまり、見城を襲ったことへの報酬ではない、何か別口の大金を手にする機会が、男にはあったということ。

「では、そのお金は……？」

いったいなんの金なのかと問えば、可能性はいくつかあるがと前置きしながらも、閤田は確信を持った口調で答えた。

「成功報酬が支払われなかった腹いせに、依頼主を脅したことも考えられます」

「脅迫？　依頼主を？」

「社会的立場を気にする人間相手なら、成り立ちます」

「社会的立場……」

金を出せばなんでもやる輩を雇ったことで自らの首を締め、ほかに手立てがなくなって、殺したというのか。

鳴海がアテをつけているとおりなら、中尾《なかお》の犯行ということになるが……。

監察の手が伸びて、悪事が明るみに出ると思ったのだろう。見城がひとりで直接素行調査をしていることに気づいて、その口さえ封じればいいと考えたに違いない。

暴行現場の証拠写真を押さえることで脅しをかけ、見城を仲間に引き込むことまで計算していたとも考えられる。その場合は、怪我《けが》を負わせるより、辱めを与えたほうが有効だ。見城にも、守りたい立場や家族がある。

「で、私は何をすればいいのでしょう?」

ひとと おりの思考を巡らせたのち、見城は闇田に視線を向ける。その発言に、闇田は「おや?」と片眉を反応させた。

「あなたが、その報告のためだけに、いらっしゃったとは思えません」

自分に何か用があって……早い話が、何かしらの情報を引き出したくてきたのだろう?と問えば、茶化すように口笛を吹く。

「さすがは警視殿、話が早い」

見城の咎める視線もなんのその。闇田はひょいっと肩を竦めてそれを受け流し、さっさと本題を持ち出した。

「ヤツの……中尾の口座を確認したいんですよ。そちらでチェックできるところのやつをね」

監察が目を光らせているはずの、警察職員専用の銀行口座がどうなっているか。それを確認したいのだと言う。

「民間の銀行は?」

「そちらもあらっていますが、それらしい、わかりやすい出入金記録はありませんでした」

以前にチェックしたときには、特別不審なところはなかったと記憶している。

「一番足がつきやすいところから出すとも思えませんが……」

そう言いながらも、見城が何本か連絡を入れると、たちまち数枚の書類が届けられる。

それを見ていた闇田が、ふいに口調をやわらげ、仕事モードではないとわかる声音で言葉を継いだ。

「本当はあなたの名前を使いたくはなかったんですが、現状こうするのが一番だと判断しました」

届けられた書類にチェックを入れていた見城は、怪訝な顔を上げて、傍らに立つ闇田に問う。

「……どういう意味です？」

「あなたの立場を悪くする危険性があるものの、自分たちがおおっぴらに動くと、なぜそれを調べるのかを報告しなくちゃならなくなる。そうしたらあなたが襲われた一件が公になって、結局あなたの立場が悪くなる。——と、そういう意味です」

自分を気遣う言葉を聞いて、見城はゆるりと目を見開いた。

それは、鳴海の指示なのだろうか。

それとも、相棒の意を汲んで、闇田がそのように動いているという意味なのだろうか。

「あの……」

発作的に問おうとして、けれど何をどう訊いていいかわからず、口を閉じる。「何か？」と聞き返されて、首を横に振った。

「いえ、なんでもありません。――これをどうぞ」

ひととおりチェックした書類を差し出し、不審な点はありそうかと問う。

「私の目には、特別目立った出入金はないように見えますが……」

給与の振り込みとローンの支払い、クレジットカードの請求、生活費の引き出しなど。記されているのは、ごくあたりまえの銀行口座の出入金記録だ。

閣田の目が、細かな数字を追って忙《せわ》しなく動く。

そして、ふいに止まった。

胸ポケットから、折り畳んだＯＡ用紙を取り出し、見城のデスクに両方を広げて、見比べはじめる。

それは、民間の銀行から開示された、中尾の口座の出入金記録のようだった。二者のつけ合わせをしていた閣田と、閣田が何をしているのかに気づいて同じく数字を追っていた見城が、ほぼ同時に「あ」と声を上げる。

「……お気づきになられましたか？」

「ええ。これ……両方から、あえて小分けにして下ろしていますね」

一度に大金を引き出せば、監察のチェックが入る危険性があると思ったのだろう。両方から、さりげなさを装って、合計するとかなりの大金が引き出されている。

「それにしても……この口座の出入りは……」

見城が溜息をついたのは、民間の銀行口座の状況だった。

不正の報酬なのだろうか、大金が入るものの、それはすぐに引き出され、口座残高は見るも無残な状態だ。この程度の報酬で不正を働く意味があるのかと思うが、たぶん入金する間もなく使ってしまっているのだろう。

「この使い方……ギャンブルですね」

見城が尾行していた間、中尾にそんなそぶりは見られなかったが、自分の尾行に当初から気づいていたのだとしたら、尻尾を出さないように摂生していたのだろうと考えられる。尾行が下手だと鳴海に呆れられて当然だ。警戒させてしまっては、調査どころではない。

「あなたを襲わせるためにチンピラを雇うだけでもカツカツだったところへ、強請られたのではたまらないでしょう」

「だから殺した、ということですか」

なんて簡単に、人の命を奪うのだろう。

だが、ギャンブルがいかに人間を狂わせるものであるか、見城は知っている。監察官としての経験はまだまだ浅いと思っているが、それでももう何度も、ギャンブルに溺れて借金を背負ってしまった職員に、処分を申し渡している。

「ひとりを殺せば、ふたりも三人も一緒だと、思ってしまうのかもしれません」

「そんな……っ」

声を荒らげかけて、自分が感情を迸らせてみたところで状況は何も変わらないと、自分で自分を諌める。

「では、石倉《いしくら》刑事の自殺の件は、他殺で立件できそうなのですか？」

自分の利益しか考えない身勝手な男を罪に問えるのかと問えば、閣田は「もちろん」と頷いた。

「しますよ。そのために今、鳴海が駆けずりまわってます。ああ見えて、内面は結構熱いやつですから」

あんなナリして実はあいつが一番体育会系なんですよ、と閣田が笑う。その茶化した口調の奥に、相棒への揺るぎない信頼が感じられた。

「じゃあ、自分も捜査に戻ります」

「あ、はい……、これは？」

口座の出入金記録は持って行かなくていいのかと問うと、持ち出すのはまずいだろうと返される。

「あなたがお咎めを食らうのは、我々としても本意ではないので」

「この程度、なんとでも誤魔化せます」

持って行って捜査に活用すればいいと差し出すと、閤田はOA用紙を小さく畳んで胸ポケットにしまった。

そして、踵《きびす》を返そうとして足を止め、見城を振り返る。まだ何か？　と問う前に、それまでより少しだけ潜めた声がかけられた。

「伝言があればあずかりますよ」

「……え？」

言葉の意味を理解しかねて首を傾げれば、ニヤリと口角を上げられる。

今現在の状況下では、なかなか連絡を入れづらいでしょうからと言われて、長い睫を瞬いた。見城の思考が正しく働きはじめる前に、「ああ、そうだ」というなんともわざとらしいセリフが鼓膜に届く。

「あなたはしばらくおとなしくしておられたほうがいいでしょう。——なんて、自分が言うまでもなく、鳴海のやつに煩く言われてるでしょうが」

閤田の含むものの多い眼差しを真っ正面から受け止めてしまい、しまったと思う間もなくカッと頬に血が昇った。

「……!?　閤田刑事……!?」

ガタタッと、見城らしからぬ粗忽《そこつ》な音を立てて椅子を蹴飛ばし、デスクに手をついた恰好で勢いよく腰を上げる。口をパクパクさせて言葉を探していたら、抑えた笑いとともに悪戯なウインクが飛んできた。

「連絡を入れるように言っておきますよ。寂しがっておられる、ってね」

「な……っ、べ、別に私は……っ!」

バンバンとデスクを叩いて抗議する見城など気にもせず、闇田は「失礼しました!」と部屋を出て行く。

「ちょ……っ、闇田刑事……!」

無情にもドアは閉まり、ひとり残された室内で、見城は熱くなった頬を持て余す。

そのおよそ十五分後、携帯電話が着信を知らせて震えたものの、ディスプレイに表示された名前を目にした途端、見城はいきなりOFFボタンを押してしまった。


微妙な顔で携帯電話のディスプレイに視線を落とすと、闇田が笑いをこらえる気配。

鳴海は溜息とともにドライバーズシートに長身を滑り込ませ、さも当然とばかり、先に助手席に乗り込んだ男に胡乱《うろん》な視線を向ける。

「おまえ、何か余計なことを言っただろう?」

先ほど自分のいない間に見城のもとへ情報収集に行ったときに、何かよからぬことを吹き込んだのだろうと問えば、長年の相棒は「さあ?」と素知らぬふりで肩を竦める。

「おまえが怒らせるようなことをしたんじゃないのか?」

いきなり切られた携帯電話。鳴海の胸ポケットにおさまったそれにチラリと視線をよこして、しかしすぐにそれを前に向けてしまう。そして、いつもと変わらぬ口調で、サラリと鋭い指摘を投げてきた。

「本命とは寝ない主義なんじゃなかったのか?」

鳴海の返事など期待していないのか、それとも確認のために口にしているだけなのか、闇田は鳴海の返答を待たず言葉をつづける。鳴海も、第三者が見れは、はたして話を聞いているのかいないのかわからない態度で、車を発進させた。

その横で、闇田は首の後ろで腕を組み、前に視線を投げるふりでステアリングを握る男の様子をうかがう。そして、さらに愉快げに言葉を継いだ。

「はじめのときからずいぶんと気に入ってたよな」

以前にも聞いたようなセリフだが、若干ニュアンスが違っていた。

闇田の言うはじめというのは、見城のあまりにも拙い素行調査の件を、鳴海が話したときのことらしい。もちろん、自宅に引っ張り込んで少々悪戯をしてしまったことまでは話していないが、この敏い男は、自分のちょっとした言動のなかから、それを察しているのかもしれない。

「まぁたしかに、おまえの好みだよなぁ」

「好み?」

言われた言葉が意外で、鳴海はやっと反応を返した。

自分がこれまでに付き合ってきた相手とは正反対のタイプのはずだが…と思案を巡らせていると、さすがの観察眼を披露してくれる。

「これまでおまえが付き合ってきた女たちと正反対のタイプだろ?」

これまで意識的に避けて通っていたタイプではないかと言われて、先の本命とは云々発言とともに、闇田は鳴海の深層意識まで探り出そうとしているらしいと気づく。

興味の湧いたことはとことんまで調べ尽くさなければ気が済まない。刑事としてはプラスに働くだろう性質だが、こちらに向けるのはカンベンしてほしいものだ。

「なるほど」

口許に苦笑を浮かべ、呟けば、それだけで闇田は納得したのか、勝手にあれこれ解釈したのか、向こうは向こうで「なるほどね」と呟き返してきた。

そこで終わったかに思われたやりとりだったが、車を停車させ、降りたところでドアに腕をあずけた相棒が、こちらに顔を向ける。

「可愛がりすぎて逃げられるなよ」

これも、以前に聞いたような気がするセリフ。

だがやはり、似て非なるものであることに気づかされる。

長年の相棒から、かつてない真剣さを滲ませた助言を投げられた鳴海は、苦笑とともに肩を竦めることで、それに返した。


首席監察官に呼び出された見城は、何を言われても己の価値観を信じて毅然と戦おうと、強い決意に唇を引き結んでいた。

だが、そんな見城に与えられたのは、苦言ではなく、新たな仕事。予想だにしない対象と内容の、監察依頼だった。

「素行調査、ですか？」

あからさまな驚きを露わにするわけにもいかず、懸命に言葉を繕いつつ返す。

「ですが、彼は……」

見城が言葉を濁すと、上司は部下の驚きももっともだと思ったのか、顔の前で「そうではない」と手を振った。

「ああ、誤解しないでくれたまえ。石倉刑事の件を蒸し返そうってわけじゃない」

どうやらおとなしく別の事件の捜査に走りまわっているようだからと言われて、内心ヒヤりとしたが、表面上はなんでもない顔でやりすごす。

見城が上司から持ちかけられたのは、鳴海の監察だった。素行調査をして、報告を上げろというのだ。

だが、鳴海の素行調査なら以前にしているし、何より事件を解決に導くたびに毎度毎度監察に呼び出される常連で、いまさら感が否めない。

「では？」

いったい何を調べろというのかと問えば、上司は普段は敏い見城の察しが妙に悪いことにいささか鼻白んだ様子を見せながらも、いつもよりずっとやわらかい口調で言葉を継いだ。

「かたちだけの素行調査でいいんだよ。何もないとわかればそれでいいんだ」

「……それ、は……」

そういう、まさしく「かたちばかりの」監察には、過去にも覚えがある。こういう依頼が舞い込むときは、決まってひとつの理由があって……。

「刑事部長が、どこからか縁談話を持ちかけられたらしい。まぁ、多少問題行動が見られても、彼が一課のエースであることに違いはないからね。しかもあのビジュアルだ。どこのご令嬢が見初めたとしても、ありえない話ではないよ」

上司の口から告げられたのは、見城が「まさか……」と思ったまさしくその理由だった。

「……縁談……」

警察組織では、職場結婚が多く見られる。なぜなら、互いの身元があえて確認するまでもなく端から保証されているからだ。

相手の素性や経歴によっては、結婚そのものが許されない。それをゴリ押しすれば出世の道が断たれる。本人のみならず家族の経歴にまでチェックが入る、そんな組織においては、職場の同僚や上司の勧める相手と結婚するのが、一番安全なのだ。

たとえば上司が部下に縁談を持ちかけるとき、たとえば自分の娘の婿にと考えたとき、問題のない職員であることを証明するために、監察依頼が入る。

このときに、本人のみならず家族まで含めての借金の有無や今現在付き合っている恋人の素性や経歴などが事細かに調べ上げられ、そこで借金や女性関係などといった問題が発覚すれば、縁談話は本人に持ちかけられる前にお流れとなる。

そのかわり、本人にまで話がいけば、まず断ることができない。とくに今現在付き合っている相手がいないのであればなおのこと。

「君のところにも、たくさん来ているんじゃないかね？　お父上がどうお返事されているかはわからないが」

「いえ、私は……」

もちろん見城にもそういう話がないわけではないが、過去に何度か父から打診されたときに、今はまだ仕事に打ち込みたいからと、全部断ってくれるように頼んである。

兄がすでに家庭を持っていて、そういった面では満足しているのか、それとも妻似の見城を一番可愛がっていることからも、できるだけ手元に置いておきたいと考えているのか、その後その話を蒸し返されたことはない。

自分がそんな環境にいるからだろうか、そういった対象として鳴海の名が挙がることに、見城は驚きを隠せなかった。

家庭におさまるようなタイプではないと、勝手なイメージを押しつけていたのだと気づかされる。鳴海が刑事として仕事に没頭できるようにプライベートを充実させようと、彼の上司が考えても不思議はないし、首席監察官の言葉どおり、彼の評判を聞きかじった警察幹部が目を留めるのも、もちろんありえないことではない。

「そういうわけだから。いつもどおり、よろしく頼むよ」

「かしこまりました」

慇懃に腰を折って、踵を返す。

過去に何度も引き受けた類《たぐい》の仕事だというのに、どうにも違和感を拭えない。

自室に戻って、執務椅子に腰を落とし、パソコンのマウスを弄る。だが、まず何をすべきなのかが頭に浮かばず、すぐに仕事を放り出して、飲みかけのまま放置していた、冷めたコーヒーのカップに手を伸ばした。

パシャリと、軽い水音が静かな部屋に響く。

琥珀《こはく》色の液体がデスクに広がって、慌てて書類を救済した。ノートパソコンを、濡れない位置に避難させる。

だが、それ以上身体が動かない。どうしたら……と零れたコーヒーを見つめることしばし、見城はあることに気づいて息を呑んだ。

「……っ」

自分は、もしかしてひどく動揺しているのだろうか。

「まさか……」という思いに駆られながらも、手にした書類をひとまず引き出しにしまい、鞄のなかにポケットティッシュが入っていたことをやっと思い出す。

零したコーヒーを拭って、汚れたティッシュをゴミ箱に捨て、それから今一度、今度はぐったりと椅子に背を沈ませた。

鳴海の素行調査を、部下に命じなければ。

電話の内線ボタンに伸ばそうとした手は途中で止まり、かわりにやわらかな前髪をくしゃりと掻き上げる。デスクに肘《ひじ》をついて、自分の腕に顔を伏せた。

「なんでこんな……」

本人の口から聞かされたわけでもないのに。

――『泣いても知りませんよ』

あの夜、すぐ間近で聞いた甘く掠れた声が、ふいに鼓膜に蘇る。

――『揶揄ってるんじゃない。心配してるんだ』

それまでの茶化した空気から一変、真摯に告げられた言葉も、それから全身に触れた熱い唇と身体の奥深くを貫いた、猛々《たけだけ》しい熱も……。

「――……っ」

ハッと顔を上げて、今度は熱くなった頬を隠すように両手でおおう。

心臓はバクバクと煩いし、頭はぐるぐるとまわっていて思考はまとまらないし、とても仕事を再開できる状態ではない。

それでも、自分の頬をピシャリと打って、「しっかりしろ」と言い聞かせる。

「こんなことをしている場合じゃない」

深呼吸をして、気持ちを落ち着け、それから内線ボタンを押す。部下を呼び出して、まずは鳴海の素行調査を命じた。

命じられた部下はすぐにその意図を察して、少々驚いた顔をする。「問題児もとうとう年貢の納めどきですか」という年嵩《としかさ》の調査員の呟きに、胸の内を冷たいものが伝うのを感じながらも、見城はいつもどおりのお堅い監察官の顔で指示を与えた。

そのあとで、閤田に渡したのと同じ資料に今一度目を通し、それを鞄にしまって、腰を上げる。

「外出直帰します」

部下に行き先も伝えず、庁舎を出る。

鳴海にも闇田にも止められたけれど、石倉の一件がどうしても気になってしかたない。決して意地になっているわけではないと、胸の内で繰り返す。

そのわりに「年貢の納めどき」という言葉が頭のなかをぐるぐるとまわっていたけれど、見城は懸命にそれを振り払った。

自分は、正しく職務をまっとうしているだけだ。私的な感情に突き動かされているわけではない。


何度かけても携帯電話が繋がらない。

はじめは、闇田が余計なことを言ってくれたせいで、見城が怒っているか照れているか、ともかく意固地になって出ないだけだろうと踏んでいた鳴海だったが、通話口から聞こえるのが、呼び出し音ではなく電源が切られていることを知らせるアナウンスに変わって、おかしいと感じた。

これは直感だ。

刑事としての、カン。

一課のエースと異名をとるほどの鳴海のカンが、このときふいに警報を鳴らしはじめた。

「どうした？」

「警視殿が出ない」

忌々しいアナウンスをリピートしつづける携帯電話をしばし睨んで、それから通話をＯＦＦにする。

「だからそれは――」

「――電源が切られている」

おまえが苛めたからだろうと、茶化した答えを返そうとした闇田の言葉を、鳴海はめずらしく緊迫した声で遮った。

「……どういうことだ？」

闇田の口調も変わる。

ふたりは顔を見合わせ、互いの持つ情報と互いの抱いた危惧《きぐ》とをリンクさせる。

「中尾は？」

「捜査に出たままだ。今日は戻る予定になってない」

無言のアイコンタクトで、ふたりは同時に車に乗り込んだ。闇田がドアを閉めるなり、鳴海はタイヤを鳴らして車両を急発進させる。

「だからデスクワークだけしていろと……っ」

「それはあとからいくらでもお仕置きして言い聞かせるこった」

毒づく鳴海の荒い運転にぐうっと唸りながらも、閣田は「命がなけりゃそれもできんが」と、奇妙なまでに冷静な声で、否定しきれない現実を口にした。

あとをつけるつもりはなかった。

9

中尾《なかお》と、話をしようと思ったのだ。

閤田《ごうだ》とかわした会話の内容をもとに、真っ正面から切り込むのではなく、どこかから脅されているのではないかと、監察官としてひとりの刑事と真摯に向き合って話をするつもりで、中尾の出先へ足を向けた。

いきなり呼び出しをかければ、身構えてしまって何も話さないだろうが、庁舎外なら、もしかして何かを語ってくれるかもしれないと、鳴海《なるみ》が聞けば甘いと一蹴《いっしゅう》されそうなことを、見城《けんじょう》は考えていたのだ。

そもそも脅されて、それから逃れるために罪を犯してしまったのだとしたら、人としてまだ救えるのではないかと考えた見城を、責められる者はいないはずだ。彼は、そうした例を監察官として過去にいくつも見ているのだから。

これまでは、事実関係を明らかにし、処罰を言い渡すだけだった。それ以上に、監察官である見城にできることなどなかったからだ。

だが今回は、人の命が犠牲になっている。

確定ではないが、その可能性が高いとすでにわかっている。

ただ事実をあきらかにし、懲戒を言い渡すだけで済むとは思えなかった。そうなる前に脅迫の事実に気づいて処罰していたら、中尾はそこまで追い込まれなかったのではないか。そう考えたら、ただデスクでじっとしていることなどできなかった。

それこそが甘い考えなのだと、見城は気づけていなかった。

苦しみ抜いて罪に手を染める者がいる一方で、罪の意識などかけらも感じない人間が存在することを、知識として知ってはいても、本当の意味で理解していなかったのだ。

それは、彼の育ちのよさゆえの純真さがもたらす甘さであり、また職務に情熱を傾ける警察職員のひとりとして、同僚たちに向ける信頼の表れでもあった。

悪事に手を染めながらも、その一方でたしかに数々の事件を暴いてきた中尾の、ひとりの刑事としての良心を見城は信じたかった。ただそれだけのこと。そのために、直接話がしたかったのだ。

なのに、結局声をかけられないまま。

今現在、尾行に近い状況に陥っている。

これでは、いつバレてもおかしくはない。鳴海いわく、自分は尾行が下手らしいし、現に一度襲われているのだ。

——でも……。

ここまできて引き返すわけにはいかない。

自ら罪を認めてくれれば、最悪の事態は避けられるはずだ。

そのほうが、弟のように可愛がっていた石倉《いしくら》の死に疑問を抱き、捜査をつづけていた鳴海の心情的にも救われるのではないか。そんな考えがどうしても拭えなくて……。

もの思いに耽《ふけ》るうち、つい中尾から視線を外してしまった。

ハッと気づいたときには、その姿は視界のどこにもなく、慌てた見城は周囲に視線を巡らせる。

——どこへ……っ。

オフィス街を歩いていたはずが、いつの間にか周囲の様子が変わっていることにいまさら気づく。注意を巡らせていたつもりで、緊張のあまり中尾の背中しか目に入っていなかったらしい。

雑居ビルが建ち並ぶ駅周辺から外れた場所。

商店街でもなく、個人経営の小さな工場や資材置き場、駐車場などが建ち並ぶ、雑然とした一角。都心の開発にのりおくれたと言えば聞こえが悪いが、代々この土地で家業を営む人々が住む歴史の古い街のようだ。

迷路のように入り組んだ路地と、古びたビルと空き地。それから、工場の建物の壁が長い塀のようにつづく、活気があるのかないのかよくわからない印象を受ける街並み。陽の暮れた今、昼間働いていた人々の姿が消えたからだろうか、うら淋《さび》しい印象を覚えて、見城はブルリと背を震わせた。

——中尾刑事はなんでこんな場所に……。

その姿を探して、彷徨《さまよ》い歩く。

細々と営業しているのか、それとも廃業したのか、吹き曝《さら》しの資材置き場と、ところどころトタンの破れた工場の壁。そこが寝床なのか、中型の作業車両のシートの上で、野良猫の目がギラリと光った。薄暗いなか、それがやけに薄気味悪く映る。

そして見城は、唐突に、あることに気づいた。

——これ…は……。

この状況は、一度経験があるではないか。

ゾクリ…と、背を突き抜けたのは、たしかに恐怖だった。

警戒心を漲《みなぎ》らせたそのとき、背後に人の気配を感じてハッと目を見開く。

「……⁉　何……⁉」

振り向くより早く、口許を何かにおおわれた。咄嗟に呼吸を止めて、もがく。薬物を使われたらおしまいだと思ったのだ。

だが、軍手らしきものでおおわれた手に爪を立てて引っ掻いたところで意味はなく、後ろからまわされた腕に首を締め上げられていることで、やがて抵抗もつづけていられなくなる。どうやら今度は、辱めるつもりではないらしい。命を狙いにきている。騒ぎにならないように薬物で口と動きを封じてから、ということらしい。

「う……くっ」

呼吸を止めていることもかなわなくなり、諦めかけたそのとき、鼓膜が少し離れた場所から届く何かの音を拾った。

獣の鳴き声と、それに返す人の声。自身の心臓の音に掻き消されがちだが、微《かす》かに響くのは、獣の爪がアスファルトを蹴る音。

犬の散歩をしているらしき、人の気配だと気づく。見城の様子から、背後の暴漢もそれに気づいたらしい。

舌打ちと、乱れる気配。

力の抜けた身体を叱咤《しった》して、肘に力を込めた。

「うぐっ！」

呻き声とともに、拘束が緩む。その隙に、懸命に身を翻した。

細い路地に出れば、そこに人影はない。この路地の入り組んだ街を歩き慣れているだろう犬を散歩させていた住人は、どこかへ消えてしまっていた。

背後から迫る足音から、逃れようとがむしゃらに走る。

どこをどう走ったのか、わからぬまま、見城は大きな橋の袂《たもと》、堤防下に出ていた。

ふいに、月明かりが目を焼く。

妙に眩《まぶ》しく感じるそれに、目を細めたとき、その光景は視界に入ってきた。

堤防の上に、人影。

自分に向けて、腕を伸ばしている。

その手に握られているのは……。

——拳銃《けんじゅう》……!?

目を見開く自身の反応すら、スローモーションのように感じられた。

トリガーに添えられた指が、引かれる動き。

銃口は、まっすぐに自分へと向けられている。

こんな状況だというのに、自分に銃を向ける男が、中尾ではないことに見城は気づいていた。

スーツではなく、もっとラフな恰好をしている。

誰? ではなく、なぜ? と疑問が思考を過った。

銃声が響いたのは、その直後。

同時に、見城の身体を衝撃が襲った。

だが、銃弾が撃ち込まれて、背後に弾き飛ばされる衝撃ではない。見城の身体は、横へ突き飛ばされた。

「……っ！」

全身を地面に叩きつけられる衝撃と同時に、何かが頭を保護してくれる。その衝撃の向こうから、男の悲鳴が聞こえた。

殴りつけられ、呻く声。

何か金属質なものが、すぐ近くに落ちて、跳ねる。

「大丈夫か⁉」

抱き起こされ、頬をピシャリと打たれる。

「……っ！　鳴海…刑事……？」

見城の頭を抱え込むように、鳴海が自分を抱いていた。すぐ間近に、髪を乱した鳴海の整った相貌。何かが妙だ…と思ったら、眼鏡がない。

そうか、銃弾から自分を助けようと飛びついたときに、弾け飛んでしまったのか。

そんなことを、呆然と男の顔を見上げながら、考えた。

その視界の端に、人影が映る。

「……！　中尾刑事……！」

「何⁉」

土手の上で暴漢と格闘していた闇田も、それに気づいたらしい。殴り倒した暴漢を放り出して、土手を駆け下りてくる。

建物の陰からこちらの様子をうかがっていた中尾が、青い顔で踵を返したのだ。

「待て……！」

闇田の叫び声。すぐ耳元で、鳴海が舌打ちをする。

その光景を呆然と見つめるしかない見城の視界の端に、さらにあるものが映った。

黒光りする、鋼の凶器。

さきほど、すぐ近くに転がり落ちてきたものは、これだったのだ。闇田と暴漢が縺《もつ》れ合ったときに、暴漢の手から弾かれてしまったのだろう。

照準がどうなのかとか、そもそもまともに撃てるシロモノなのかとか、そんなことはどうでもよかった。

密輸拳銃のなかには、品質の悪いものもある。犯罪者が使う銃のなかには、違法な改造銃もある。そうした拳銃は、照準も甘ければ、ものによっては暴発の危険性もある。

そうした知識くらい、見城だって持っている。けれど、身体は脊髄反射で動いた。

中尾の足を止めなければ。

逃げられることはもちろん、命を断たれることも阻止しなくてはならない。

でなければ、事件の全容は明かされない。場合によっては、闇から闇へと、真実が揉み消されてしまう。

鳴海は、石倉の一件を、当事者の口から訊きたいはずだ。自分も、いったい何がどうしてこんな事態に陥ったのか、すべてを知りたい。

鳴海の腕に抱えられた恰好のまま、見城はそれに手を伸ばした。

「……！　見城⁉」

鳴海がそれに気づいて阻止しようとしたときには、見城の手は鋼の凶器をしっかりと握り、その白い指はトリガーにかけられたあと。

狙ったのは、足。

撃ったのは、二発。

「うがぁっ！」

一発目は、電柱を掠めた。

二発目が、それに驚いて蹈鞴《たたら》を踏んだ中尾の脹《ふく》ら脛《はぎ》に命中した。

悲鳴を上げて倒れ込んだ中尾の影が、民家のブロック塀の向こうに消える。

そこへ、閻田が駆け込んだ。

この隙にと思ったのか、閻田に殴られて堤防に転がっていた暴漢が、意識を取り戻し、ほうほうのていで逃げだす。それに気づいた鳴海が、いったん見城のもとを離れ、暴漢の肩を後ろから摑んだ。

「う…わっ、ひ……っ」

暴れる男の腕を軽く捻《ひね》り上げて、あっさりと動きを封じる。

その男の片手に手錠をかけ、もう一方の輪を堤防から下の生活道路に下りるためにつくられた階段の手摺《てすり》に繋いだ。

諦めたらしい暴漢は、ヘナヘナとその場に頽れる。

同じく中尾に手錠をかけた闇田が、応援と救急車の手配をする声が聞こえた。

騒ぎに気づいたのだろう、近隣の民家のカーテンの隙間から、人が覗く。なかには玄関から出てくる野次馬の姿も見えて、闇田が「めんどくせぇな」と毒づいた。

その間、見城は銃を握りしめたまま、呆然としていた。

その手に、そっと大きな手が重ねられて、やっと我に返る。

「ゆっくりと、指の力を抜くんだ」

鳴海が、見城の肩を支えて、拳銃を放せと促してくる。言われるままゆっくりと手の力を抜くと、拳銃は鳴海の掌に落ちた。

「……っ、は……っ」

自分が呼吸を止めていたことに、やっと気づく。

身体から力が抜けて、鳴海の胸に崩れ落ちた。

呆然と空《くう》を見つめる見城の視界のなかで、鳴海は銃を握り、何やら撃つような仕種《しぐさ》をしている。

「あなたが撃ったことになんて、できるわけがないでしょう？　——ったく、なんですか？　あのとんでもない腕は」

電柱と中尾の足に銃弾が当たったのは、たまたまではなくちゃんと狙ったのだろう？　と訊かれて、鳴海の腕に抱かれた恰好のまま、コクリと頷く。

「実技のなかで、射撃だけは成績よかったんです」

力ない声で、それでも警察大学校時代の訓練を思い出しつつ返せば、鳴海は少々疲れの滲む嘆息で返してきた。

「実はオリンピック選考会のお声がかかってるなんて、言わないでくださいよ」

「……言ってはダメですか？」

冗談でしかない茶化した言葉に真っ向から返してしまうほどに、このとき見城の思考はまともに動いていなかった。「もちろんお断りしましたけど」と付け加えれば、鳴海は今度こそ驚きに目を丸くして、やれやれと肩を竦め、苦笑を零す。

「あなたにはほとほと驚かされる」

言いたい文句は山ほどありますが…と前置きして、だがそれ以上に見城が無事でよかったと、鳴海は大きな息をついた。

「怪我は？　痛むところはありませんか？」

「鳴海…刑事？」

青痣《あおあざ》くらいは覚悟してもらわなくてはいけないと言いながら、腕のなかの鳴海の身体を検分する。全身を打っているが、特別にひどく痛む場所はないようだった。自分の身体なのに曖昧《あいまい》なのは、感覚が麻痺《まひ》していて、よくわからないためだ。

駆け寄ってきた閣田に証拠品の拳銃を渡して、今度は両腕で見城の身体を支えてくれる。だが、鳴海の気遣う言葉に対していまさらのように見城が返したのは、まったく見当違いの返答だった。

「眼鏡……」

ダメにしてしまってごめんなさい、と呟くと、鳴海はようやく眼鏡がないことに気づいた様子で、乱れた前髪をくしゃりと掻き上げる。そうして、少しだけいつものインテリふうに容貌を整えて、胸のなかの見城に視線を落とした。

「替えがありますから、かまいません」

そうですか…と掠れた声で返せば、ふいに伸ばされた長い指が頬に触れた。地面に倒れ込んだときに汚れたらしきそこを拭ってくれる。乱れた髪を梳いて耳にかけ、それから大きな手が頬を包み込んだ。血の気をなくした唇を、親指の腹がそっとなぞる。

口を開きかけたけれど、紡ぐ言葉を見つけられず、すぐに閉じてしまった。

鳴海も、何も言わない。

表情は険しいけれど、怖くはない。

ただ、腕のなかの見城の無事をたしかめるかのように、その体温を感じようとするかのように、滑らかな肌をなぞるのみだ。

遠くから、サイレンの音が聞こえはじめる。

「やっと来たか」

絡め合ったまま外せなくなっていた視線を、無理やり引き剝がすように、鳴海はサイレンの聞こえはじめた方角に首を巡らせた。

身体を放そうとすると、強い力で引き戻される。

スーツの胸元に頰が当たって、男の体臭が鼻腔をくすぐる。足に力が入らないふりで、見城はその胸元にすがり、そっと瞼を落とした。

サイレンの音が大きくなる。

野次馬の騒ぐ声がそれに搔き消される。

それでもまだ、鳴海の腕は見城の肩から離れなかった。

10

当初自殺とされた石倉《いしくら》の死は、最終的に他殺と断定された。

石倉に不正の証拠を握られ内部告発されそうになった中尾《なかお》が、それを隠蔽するためにしたことだと判明した。バレたのなら、自分の責任において始末をつけろと、繋がっていた先の存在に圧力をかけられたらしい。

我が身可愛さに、中尾は石倉を手にかけた。自分の罪を石倉になすりつけて、自殺に見せかけようとしたのだ。

見城《けんじょう》を最初に襲った男を殺したのも中尾だった。鳴海《なるみ》と闇田《ごうだ》の予測はほぼ当たっていて、依頼した事実を盾にとられ、逆に脅されて、口封じをするよりなくなったらしい。

だが、そこまでして、自身と彼に圧力をかけていた存在を守ろうとした中尾も、最終的には蜥蜴《とかげ》の尻尾切り要員にされてしまった。

あの拳銃を持った暴漢は、見城の口を封じたあとで、中尾も始末するように命じられていたと自白した。見城殺しの罪をきせて、今度は中尾が自殺に見せかけて殺されるところだったのだ。

中尾の背後にいたはずの、暴漢の仲間たちは、鳴海と閤田の乱入に驚いて、まんまと逃げおおせたらしい。だが、今後の捜査で仲間たちも検挙されることだろう。

だが、中尾に圧力をかけていた存在は……。

――『厳しいだろうな』

あの夜、念のためにと一晩検査入院を余儀なくされた見城の様子を見にやってきた鳴海が、そう呟いていた。

――『もちろん、諦めはしないが。――近々また、警視殿に呼び出されることになりそうですね』

そんな言葉を残して、鳴海は背を向けた。本当に見城の顔を見るためだけに病院に寄ったらしい。ものの五分も部屋にいただろうか、すぐに捜査に戻っていった。

いろいろ訊きたいこともあったのに、何ひとつ訊けないまま、どうして自分を助けられたのかの確認もできないまま。

見城が事件の概要を把握できたのは、翌日、退院した足で庁舎に向かって、今現在と同じように、上司に呼ばれてからのことだった。

さらに詳細を教えてくれたのは、廊下ですれ違ったひとりの若い鑑識官。閤田の友人であり、彼らの無茶な捜査にいつも密かに協力しているのだという彼から、拳銃についた指紋の件をほのめかされ、見城はやっと鳴海と閤田がどんな捜査をしていたのかを、知ることができたのだ。

見城は、拳銃使用の件も含めて自分のしたことすべて、隠すつもりなどなかったのだが、それをあきらかにすることで鳴海と閤田の捜査の邪魔をするかもしれない可能性もあって、鳴海にとめられた拳銃の件については上司にも真実を告げられないでいる。

以前なら、意固地なまでに己の価値観を振りかざしていただろう見城だが、鳴海がそうしたほうがいいと言うのならそのとおりにしようと、今は殊勝に考えていた。


「まったく、面倒な事件を暴いてくれたものだ」

見城を呼び出した首席監察官は、まずそんなふうにぼやいた。

だが、そんな感想を持っているのは、見城の前にいる上司だけではない。警察上層部の人間の多くが、同じようなことを考えているはずだ。

不快感を禁じえないものの、自分はそんな世界で生き抜かなければならないのだと、認識を新たにした。ぐっと奥歯を噛みしめる。

「政治家の犯罪なんてものは、情勢や力関係によって、捏造《ねつぞう》もされれば隠蔽もされる。今回はどうやら、風向きが彼らに味方したようだ」

事件の全容が明かされるには時間がかかるだろうと思っていた見城は、「今回は運がよかった」という上司の呟きを聞いて、「え?」と目を見開いた。政治の風向きが味方して、鳴海と閣田が時間をかけて追おうとしていた相手を、早々に摘発できそうだというのだ。

鳴海と閣田の働きが、今回は正しく評価されると聞かされて、静かな驚きをその白い面に浮かべる。

「では……?」

「鳴海警部補と閣田警部補、両名の処罰は見送りだ。彼らは今ごろ、議員会館に向かっているところだろう」

つまりは、政治家相手の難しい捜査に、上がGOサインを出したということ。

中尾や拳銃を持った暴漢を実際に嗾《けしか》けたのが誰なのか。暴くのは困難だろうが、中尾を飼ってどんな不正行為を働いていたのかは、まず間違いなくあきらかにされるだろう。

「そうですか……」

胸の痞《つか》えが、ひとつ落ちる。

だが、つづいて告げられた言葉には、目を瞠った。

「ということだから、君も無罪放免だ」

「……っ⁉ いえ、自分は……っ」

言い募ろうとする見城を、上司は片手を上げることで止める。

見城を罰すれば、ほかにも累が及ぶ。もちろん今目の前に座る上司も、そのうちのひとりだ。

刑事部が事件捜査におおっぴらに乗り出したことで、鳴海と閤田の行動は容認され、それにともなって見城のしたことも、正式な捜査活動の一貫として、彼らを助けるための行為と位置づけられた。

「ひとつだけ言わせてもらえば、監察官は刑事ではない。それを忘れないようにしたまえ」

「はい。申し訳ありませんでした」

ご迷惑をおかけしましたと頭を下げる。

それに頷いた上司は、自分が組織の一員であることをわかっていればいいのだと、助言をくれた。

組織人であるために、目を瞑ることも、長いものに巻かれることも、覚えなくてはならないと、言われているのだと理解する。

身体の横でぐっと握った拳を震わせながらも、見城は黙って頷いた。いつか言い返せる立場になってみせると、胸中で誓いを新たにしながら。

「検挙率ナンバーワンを誇る一課のエースである一方で、彼らが問題児であることに変わりはないから、君は今後も煩わされることになるだろうがね」

覚悟しておきなさいと言われて、「望むところです」と毅然と応じる。それに気をよくしたらしい上司は、今一度鷹揚《おうよう》に頷いた。

「それから、こちらの件だが――」

それならと、話を変えた上司が持ち出したのは、ここへ呼び出されてすぐに、見城が提出した報告書の束だった。

「はい。それはまだ中間報告ですので……」

例の鳴海の素行調査の案件だ。

今朝方《けさ》、部下から上がってきたばかりの中間報告を提出したのは、どうなっているのかと急《せ》かされたため。だからそれは、まだ未完成の報告書なのだと説明をつけ加えた見城だったが、上司の口からは妙にアッサリとした言葉が返された。

「いや、もうこれでいい。充分だ。今回の一件も、上がうまく取り計らって彼の手柄になるようだし、功績がひとつ追加されるだけのことだろう」

これを最終報告として上げてくれてかまわないと言われて、見城は「ああ…」と胸の内でひっそりと納得した。きっと縁談話が進んでいるのだ。だから、もう無駄なことをする必要はないと言われている。

「ではそのようにさせていただきます」

一礼を残して、部屋を辞す。

廊下に出て、大きく息を吸った。

握りしめていた拳を解けば、掌にくっきりと爪痕《つめあと》が残っている。

ホッと肩の荷が下りた一方で、胸をキリキリと突き刺すものの存在。

今度は軽く握った右の拳を、そっと心臓の上に当てる。刺すような痛みが強くなって、見城は廊下の壁に肩をあずけ、制服の胸元をぎゅっと握った。


デスクの上に広げていた書類を片づけ、パソコンの電源を落とし、持ち帰る仕事は鞄にしまって、あとは着替えるだけ。それ以外の退庁の準備はとうの昔に整っているというのに、どうにも身体が重くて足が動かず、見城は自室の窓から官庁街のネオンをただじっと見下ろしていた。

部屋の明かりは、退室準備をしているときに消してしまって、そのまま。窓から差し込むビル街の明るさが、見城の頬を青白く染めていた。

背後で、ノックもなくドアが開けられる気配。

え？　と思ったときには、すでに背中に人の体温があった。

窓ガラスに添えていた手の上に、大きな手が重ねられて、反射的に逃げようとすると、指と指を絡めるように握られ、それを阻まれる。

恐る恐る視線を上げれば、窓ガラスに映り込む、重なったふたつの人影。見慣れた自分のシルエットと、その背後にひとまわり大柄な、眼鏡をかけた男の姿がある。

身を捩ろうとしたら、もう一方の手がガラス窓に伸びてきて、両腕の檻のなかに閉じ込められてしまった。

背後の体温が少し身を屈める気配がして、吐息が耳朶を掠める。身体が密着しているために、窓ガラスに映り込む光景でしか、背後の様子をうかがい知れない。

反射的に息をつめ、ビクリと肩を揺らしてしまう。いつも鳴海がまとっている飄々とした空気が感じられなくて、それがより見城の不安を煽った。

その見城の耳に、低い声が落とされる。

「さきほど、上司に呼ばれました」

「……っ」

「自分のような問題児に、縁談話があるそうです」

見城が身体を強張らせたことに、気づいていて気づかぬふりで、鳴海は言葉を継いだ。まるで、知っていたくせに黙っていたのか？　と、咎めるかのように。

「あなたがお調べになられたのでしょう？　見城監察官？」

案の定、鳴海の口から、自分の素行調査を担当したのは見城なのだろう？　と、確認の言葉が紡がれる。なぜそんな監察が命じられたのか、わかっていたはずだ、と。

「何か面白い情報は出ましたか？」

その実績ゆえに、自分につきまとう勝手な噂や評判の存在に、気づいている口ぶりだった。派手な異性関係とか、無茶な捜査の実態とか、マイナス点がつきそうな監察結果は上がってきたのかと、愉快さと意地悪さを滲ませた声が問う。

「……何も」

そもそも何も出るわけがないし、それ以前に中間報告の段階で中断させられてしまった。そんなことくらいわかっているだろうにと恨めしげな声で返せば、とんでもない揶揄が返される。

「大物幹部を父親に持つキャリア殿に手を出したという情報は？　出なかったんですか？」

「……っ！　あ、ありませんっ」

カッと頬が熱くなるのがわかった。

唇を噛みしめ、首を巡らせて、苦しい体勢ながらも、間近に迫る端正な顔をキッと睨み上げる。責められてばかりなのが悔しくて、精一杯の嫌味で応戦した。

「良縁だそうじゃないですか。よかったですね。これで少々のことで監察に呼び出されることもなくなるでしょうし」

そして、ふいっと顔を背ける。頬に手が添えられて、ドクリと心臓が鳴った。

後ろからまわされた手に顎をとられ、少々乱暴に顔を上げさせられる。無理な体勢に首が痛んで、見城は眉根を寄せた。

「本気で言ってるんですか？」

瞳の奥を覗き込むように、そんな言葉をかけられて、カッと頭の芯《しん》が熱くなる。

「本気じゃなきゃ、なんだと言うんです？」

きつい声で吐き捨てた言葉に返されたのは、わかっていても鳴海にだけは言われたくない言葉だった。

「嫉妬」

「……っ」

首を振って、顎を摑む手を乱暴に払い、身を捩って顔を背ける。握られたままの手も引こうとしたが、こちらは強く握られていて、解放されなかった。それを忌々しく睨みながら、震える唇を嚙みしめる。

さまざまな感情がごちゃ混ぜになって胸中に渦巻くものを、一度は我慢しようとして、けれど理不尽さに駆られ、見城はふつふつと湧くものを、まとめもせず吐き出しはじめた。

「だ、だったら？　でもあなたには関係ありません。たった一度、なんとなく関係を持っただけの相手に妬《や》かれたって、迷惑なだけでしょう？　同じ相手と二度は寝ないなんて、噂もありました。もう少し慎まれたほうが身のためだと——、……っ！」

ふいに腰を摑まれて、身体が反転させられる。

窓ガラスに背中をあずけた恰好で男の腕に囲われて、今度は真っ正面からその端正な顔を間近に見上げることになった。

「つづけて」

低い声が、見城の言葉の先を促す。だが、勢いだけで喋っていた内容は、いったん途切れたら、つづきなど出てくるはずもない。

「……っ、あ、あなたは……っ」

言葉がつづかなくて、唇を噛む。それを咎めるように、頤に添えられた指が唇をなぞって、その指に噛みついてやりたい衝動に駆られた。でもできなくて、視線を逸らすのが精一杯だ。

男の吐息が頬をくすぐって、ギクリと目を見開き、顔を上げる。

意図せず視線が絡まってしまって、外せなくなった。

近づく顔から、懸命に逃げを打つ。だが、この状態で逃げられるはずもなく、背後の窓ガラスに背中をピッタリとすり寄せたにすぎなかった。

「……いや、ですっ」

唇に吐息がかかって、震える声で抗議する。当然、聞き入れられるはずもなく、熱い唇が重ねられた。

「やめ……っ、……んっ」

強引さなどかけらもないのに、ジワジワと見城の自由を奪って逃げ場をなくすやり方も、やわらかく重ねられているだけなのに拒むことがかなわず、結局は深い場所まで許してしまうキスのやり方も、いかにもこの男らしい。

狡猾《こうかつ》な手管に流されて、身体の力が抜け落ちる。

ぎゅっと瞑っていた瞼から力が抜けてやっと、執拗な口づけから解放された。

唾液に濡れ、半開きになった唇を、やわらかく数度食《は》まれる。それだけで背筋に震えが走って、見城は男の二の腕にすがった。スーツの生地に、ぎゅっと皺が寄る。

「これも、お仕置きですか？　私が、おとなしくデスクワークをしていなかったから……あなたに止められたのに、危険なことに首を突っ込んだから……」

鳴海が自分にこういうことをするのは、特別な感情がともなってのものではない。

最初がそうだったように、身のほどを弁《わきま》えない見城に、自分がどれほど非力な存在なのか自覚しろと言い含めるため。

「そうだと言ったら？」

わかっていても、ハッキリと言われると悔しかった。

だったらもう、言われるとおり、おとなしくしている。こんなに苦しい想《おも》いをするくらいなら、理不尽さに苛《さいな》まれながらも、デスクワークに勤しんでいたほうがいい。二度と、大それたことなど考えない。

「……放してください」

「ダメだ」

「……っ！　どうして……っ」

「今度こそ、この身体にしっかりと言い聞かせておかなければ、今後自分は安心して事件を追えませんから」

「勝手な……っ、……んんっ！」

今度は、少し荒っぽいキスだった。

いきなり深く合わされて、喉の奥まで弄られる。息苦しさに呻いたら、荒々しさが去って、かわりにねっとりと口腔を貪られた。

蕩けるような口づけで抵抗を奪っておいて、男の器用な長い指が、見城の着衣を乱しはじめる。

シュルリと、ネクタイの解かれる衣擦れの音。それに気づいて身悶えても、腰を抱える腕は力強く、どうにもならない。制服の金ボタンを弾かれワイシャツの前をはだけられて、ヒヤリとした空気が素肌に触れた。

「……っ、ふ…ぁっ」

やっと唇が解放されて、見城は酸欠に喘ぐ。顔を上げて胸を喘がせると、露わになった白い首筋に、ねっとりと舌が這わされた。

「や……め……鳴…海、刑…事っ」

乱された制服の胸元で、窓から差し込む明かりを弾いて煌《きらめ》く階級章。

職場での秘めごとというシチュエーションに、とてつもない背徳感が襲う。同時にどうにも逃れられない喜悦が肌を震わせて、見城は震える声で抗議した。

だが鳴海は、チラリと視線を上げただけでそれを受け流して、白い肌に愛撫《あいぶ》を落としつづける。はだけられたシャツの狭間から、ツンと尖《とが》った胸の飾りが現れて、それが男の唇にとらわれた。

「……っ！　や…ぁ、あっ」

その光景に眩暈《めまい》を感じながらも、胸の上で蠢く頭を、押しのけることができない。懸命に伸ばした手が、男の艶やかな髪をくしゃりと掻き混ぜただけで、逆に引き寄せるように動く始末だ。

腰の奥に熱が溜まりはじめて、見城は身悶える。

その見城の足元に跪《ひざまず》いた鳴海は、もはや半泣きの見城の顔を下からうかがいながら、その視界に見せつけるように、下肢を暴きはじめた。

フロントを寛げられ、下着の薄い布のなかでそれを押し上げはじめている欲望の存在を見せつけられる。ジワリ…と眦に涙が浮かんで、見城は両手で口許をおおった。なんだかとんでもないことを口走ってしまいそうで怖かったのだ。

薄い布の上から、そのかたちをなぞるように、舌が這わされる。唾液ではない染みが浮かびはじめて、ひくっと喉を喘がせた。

それをことさらゆっくりと引き下ろされ、浅ましく勃《た》ち上がった欲望が空気に曝される。ブルリと腰が震えて、先端に蜜を湛えはじめていたそれは、とろりと雫を溢《あふ》れさせた。

その光景を口許に笑みを湛えて眺めていた鳴海が、滴る雫を舐め取るように、欲望に舌を絡めはじめる。迸りかけた濡れた声を、見城は懸命に呑み込んだ。だが、口許をおおった指の隙間から、あえかな声が零れ落ちる。

「や…ぁ、あ……っ」

膝がガクガクと震えはじめて、立っているのもつらい。だが、鳴海の舌は執拗に見城自身に絡みついて、より強い刺激を与えてくる。

「も……放……っ」

これ以上は許してほしいと懇願すると、先端をきつく吸われて、高い声が迸った。

「は……っ、あ…ぁっ！」

ダメだと思う理性とはうらはら、解放による悦楽と、淫らな行為に耽った事実を突きつけられる背徳とが、見城の思考を焼いた。

揺らめく腰を押さえつけ、鳴海は残滓までを啜る。その刺激に耐えられず、男の頭を抱えるように両腕ですがると、今度は後ろへ指が伸ばされた。

解放の余韻に震える肉体は、先への誘いを拒めず、それを受け入れてしまう。硬いものが奥に沈む異物感に、身体は拒むどころか拓いて迎え入れ、潤いなどないはずの内壁を蠢かした。

「や…め、も……」

立っていられない…と、掠れた声で訴える。すると鳴海は、いまにも頽れそうな見城の身体を、背後のデスクに横たえた。

以前、こうされたときは、懸命に抗った。でも今は、もうその力が湧いてこない。それどころか、このまま流されてしまいたいと、肉体が訴えている。

力をなくした下肢から、乱された着衣が抜かれる。膝裏を摑まれて、両脚を大きく開かれた。淫らに濡れそぼつ場所が、窓から差し込む微かな明かりに青白く浮き上がる。その光景の艶《なまめ》かしさに、男は喉を鳴らした。

ジワジワと迫り上がる羞恥に、見城の肌が朱に染まる。白い瞼が震えて、長い睫に溜まった涙の雫が、ふるりと零れ落ちた。

「……撮らない、んです…か……?」

掠れた声が途切れ途切れに紡いだ言葉に、見城の膝頭に唇を落としていた鳴海が、怪訝そうな顔で視線を落とす。それを懸命に見返しながら、「お仕置きなんでしょう?」と最初のときにされたことを持ち出すと、男の端正な口許がフッと緩んだ。

そして男は、その風貌にインテリ然とした印象を与えている眼鏡をとって胸ポケットにしまい、その長い指でくしゃりと前髪を乱す。

そうして現れたのは、あの夜見た、牡の顔。

「撮られたいのか?」

ふいに口調が変わって、その瞳に危険な色が滲んだ。

ふるっと首を横に振れば、「嘘をつくな」と一蹴される。

「うそ…じゃ、な……」

そんな恥ずかしいこと、自ら進んでされたいわけがないと訴えれば、本当にそうか? と問う眼差しが注がれた。

「この身体は、厭らしいことが好きなはずだ」

「ちが……っ」

「そうやって嘘ばかりつく。本当はどうされたい?」

「うそじゃ……、……あぁっ!」

後ろに舌を這わされて、悲鳴が上がる。その場所を濡らすように、淫らに拓けと唆すように、執拗な愛撫が注がれて、朱に染まった肌はしっとりと汗を浮かべた。

さきほど放ったばかりのはずの欲望は、後ろへの刺激だけで勃ち上がり、しとどに蜜を滴らせている。内腿が痙攣して、爪先が空を掻いた。

グチュッと濡れた音を立てて、長い指が突き込まれる。「ひ……っ」と細い背を仰け反らせてその衝撃に耐える肢体を、男は容赦なく煽り立てていく。

内部を探る指は、見城の感じる場所を執拗に弄り、かといって直接的な刺激を与えることはない。煽られるだけ煽られて、けれど解放を許されず、細い身体を襲う痙攣はひどくなるばかりだ。

「も……いや、だ……」

啜り啼く声が、薄暗い部屋に響く。

「……っ！　いや…ぁ、あっ！」

トロトロと蜜を滴らせる先端を指に抉られて、悲鳴が迸った。だがやはり、解放へ導かれることはなく、男の愛撫はそこで止まってしまう。

「ひど…い」

こんな嬲るようなやり方はひどいと訴える。

「お仕置きなんだから、ひどくなきゃ意味がないだろう？」

内腿に唇を押し当てながら低い声があんまりな言葉を返してきて、見城の瞳にジワリ…と透明な雫が溜まった。

ひどいひどいと囈《うわごと》のように呟きながらしゃくり上げると、「嘘ばかりつくからだ」とさらにひどい言葉が返される。

自分こそ、見城を翻弄して、こんな感情のともなわない行為で責め立てて、ひどいことばかりするくせに。

睨んだら、その端正な口許が狡猾そうに歪んだ。

「もう一度訊こうか」

「な……に、を……」

涙の雫を溜めた睫を瞬けば、内壁をぐるっと抉って、指が引き抜かれる。

「や…ぁ、んっ」

反射的に甘い声が上がって、見城はただでさえ朱色に染まった肌をさらに濃い色に染め上げた。

散々嬲られた場所が、寂しさを訴えてヒクついているのが自分にもわかる。その場所の状態を鳴海に観察されていることも……。

すっかり拓いた入口を、長い指がなぞった。それだけで背筋に震えが走り、昂った欲望の先端からトロリと蜜が溢れ出る。

か細い声を上げて身悶えながら、見城は鳴海に向かって手を伸ばした。その手を、大きな手に握られる。そして、男の身体がおおいかぶさってきた。

「……っ！」

それに気づいて、ハッと目を瞠る。

指に弄られていた場所に、ヒタリとあてがわれた、熱の正体。

涼しい顔で見城を嬲って愉しんでいると思っていたのに、いつの間にこんな激しい熱を溜めていたのかと驚かされる。

「あ……ぁっ」

先端を擦りつけられて、卑猥な水音が上がった。燻《くすぶ》る熱をどうすることもできず、見城は男の腕に爪を立て、髪を振り乱して身悶える。自身に手を伸ばしてしまいたい衝動と闘うだけで、精一杯だった。

「鳴…海……」

もう助けてほしいと訴える。

すると鳴海は、中途半端に見城を煽り立てた状態のまま、先ほどのやりとりのつづきを持ち出した。

「本当は、どうしたい？」

先にされた問いと、微妙に言いまわしが違っていることに、見城は気づけなかった。

「本当に言いたいことを言うんだ。でなきゃ、これはやれない」

そう言って、あてがった欲望で狭間を擦り立てる。

「……っ！　は…ぁっ」

その刺激に悲鳴に近い嬌声を上げながら、見城は男の表情をうかがい見た。

決して余裕を失わない端正な面立ち。その中心で自分を見据える瞳にも、まだまだ余裕がうかがえる。

こうして自分を散々嬲って、好きにして、なのに男は余裕の顔で。

そんなことを考えたら、悔しくて哀しくて、見城は視界が歪みそうになるのを懸命にこらえた。熱い吐息を呑み込み、唇を噛む。

けれど、ジクジクと疼く熱に耐えられず、とうとう言葉を吐き出した。

「結婚する…なんて、どうして……っ」

こんなことをするくせに、なのに上司に言われるまま、美味《うま》い話を受けるのか。

その話を進めるための監察を担当したのは自分だけれど、だからこそ、この扱いを理不尽に感じてしまう。

「どうして……っ」

ひくっと白い喉が喘いで、涙がボロボロと溢れ出た。

啼き濡れる顔を見られたくなくて、両腕で顔を隠すと、すぐさまそれをとられて、デスクに縫いつけられてしまう。

「見る…な……っ」

もういいからさっさと終わらせてほしい。この熱をどうにかしてほしい。

何も言わなくていい。何も聞きたくない。

そんな気持ちで精一杯顔を背ける。

すると、デスクに縫いつけられていた手が首へと促され、男がさらに身を屈めた。

「あ……ぁっ」

あてがわれた熱が、ぐいっと先端を沈ませる。

男の首にすがる腕に力を込めると、その身体はあっさりと倒れ込んできて、温かいものが瞼に触れた。それが男の唇であることに気づいて、見城は瞳を上げる。

「断ってきた」

「……え？　……あぁっ‼」

何を言われたのか、自分の鼓膜が何を聞き取ったのか、確認しようとしたとき、衝撃が襲った。あてがわれていた熱塊が、ズンッと一気に最奥まで突き入れられたのだ。

「ひ……っ、あ…ぁ、は……っ！」

昂りきっていた見城の欲望は弾けて、白い肌を白濁が汚す。

戦慄く肢体が落ち着くのを待ちながら、鳴海は啜り啼きを零す唇に淡く啄むキスを、何度も何度も落としてきた。

「付き合ってる相手がいるって言ったのに縁談を進められそうになってまいった」

さすがにいろいろ改めたほうがよさそうだなどと、ニヤリと笑みをかたどった唇が自嘲を零す。

それを、朦朧《もうろう》とした思考で虚ろな視界に映しながら、見城は惚《ほう》けた表情《かお》で聞く。

「付き合って……？」

聞き取った言葉を確認するように呟けば、鳴海は頷くかわりに今度は深く口づけてきた。甘く喉を鳴らすと、ご褒美だとでもいうように、長い指が髪を梳く。見城の艶めく表情を間近に観察しながら、鳴海は言葉を継いだ。

「同じ相手と二度寝ないってのは、実は結構当たってる」

いつどうなるかわからない仕事だから、特定の相手はつくらないようにしてきた。守るべき存在をつくることで、より強くなれることも知っているけれど、守るべき存在を得るリスクのほうが、鳴海には大きく感じられていたのだ。

それは間違っていなかったと、今回奇《く》しくも証明されてしまった。だからこそ、見城が泣いても、こんこんと言い聞かせようとしていたのだ。

「でも……」

「ああ、あんたとは、これで三度目だな」

それまでの主義主張を、すでに枉《ま》げてしまっていると、男が嘆息する。

最初の一回は最後までできなかったが…と笑われて、見城は眉根を寄せた。初対面であれだけのことをしておきながら、足りなかったと言うのか。

「あれはたしかにやりすぎだったな。ちょっとお灸を据えるだけのつもりだったんだが、止まらなくなった」

反省してる…と言うわりに、その後の行動がともなっていないように感じるのは、気のせいではないはずだ。

「我ながら青いな」

ふいに落ちてきた、自嘲をまとった苦笑の意味を咄嗟に理解できなくて、見城は瞳を揺らす。それを閉じさせるように瞼にキスが落とされた。そして、「もう大丈夫そうだな」という呟きを鼓膜が拾う。

なんのことかと瞼を上げると、欲を湛えた男の瞳とぶつかった。ゾクリ…と悪寒が背を突き抜けて、内部に埋め込まれたものが動きだしたのだと気づく。

「は…ぁっ！　……う…んっ！」

内臓が抉り出され、また押し上げられるおぞましい感覚の奥に、灼熱《しゃくねつ》のマグマのような快楽がある。

それを知ってしまった肉体は、極限までの我慢を強いられたあとだけに、あとはもう悦楽の頂に向かって駆け上っていくのみだ。

それまで意地悪く見城の肉体を嬲っていた鳴海も、自身の快楽を追いはじめる。

深く浅く穿たれて、ときに揺さぶられ、肌と肌のぶつかる音と繋がった場所から生まれる粘着質な音と、そしてふたり分の荒い呼吸だけが、やがて部屋に響きはじめた。

「鳴…海、刑……っ」

意識を飛ばされそうになって、広い背にひしっとすがる。

見城の白い首筋に、無数の鬱血《うっけつ》の痕を残しながら、鳴海は朱に染まる耳朶に囁いた。

「俺の名前くらい、知ってるだろう？　――志人《ゆきと》？」

階級や役職つきで呼ばれるときとは全然違う響き。腰骨の奥に響くそれに、見城は背を震わせる。繋がった腰が蠢いて、埋め込まれた欲望を切なく締めつけた。

「……廉《れん》？」

数度の瞬きののち、躊躇いがちにその名を呼ぶ。熱い息を吐き出す唇に軽く唇を触れ合わせて、鳴海はうっとりと言葉を注いだ。

「ああ。腰にぐっとくる、いい声だ」

その声こそ、見城の情欲を煽ってやまなくて、鳴海の腕のなか、見城は奔放に快楽を享受する。

「廉……廉……っ」

布越しにも爪が食い込むほどに背にすがって、ここが仕事場であることも忘れ、悩ましい声を上げる。

グンッと一際深い場所を抉られて、見城は背を撓らせ、嬌声を迸らせた。

「あぁっ！　――……っ！」

最奥に叩きつけられた熱い飛沫が、ジワリ…と細胞を侵食していく快感。

「は…ぁ……」

大きく胸を喘がせて、そこに男の頭を抱き込む。

肩口に触れる唇。頬をくすぐる汗の匂いをまとった髪。見つめ合って口づけをかわし、それからゆっくりと身体を解いた。

肌を粟立たせる熱は消えない。

口づけは、呼吸を奪うほどに離れがたくて、時間を忘れて溺れた。

「つづきは、ベッドの上でしよう」

そんな声に唆されて、その夜は、男の家の敷居を跨《また》いだ。

ぐったりとシーツに沈み込み、もう無理だと訴えても許されず、明け方まで何度も身体を繋がれた。

その途中で、もう無茶はしないと、固く約束させられた。絶対に破らないと誓うまで、執拗に嬲られた。

「なん…で、そんな…に……っ」

あまりにもしつこくて音を上げれば、

「言っただろう? でないとおまえが暴走しやしないか心配で、おちおち捜査に出ていられないって」

長嘆とともに、耳朶に応えが返される。

「廉……」

「もう、あんな思いはこりごりだ」

はじめて告げられた、男の本心。

長い睫に溜まる雫を口づけで吸い取りながら、自分には自分の仕事が、そして見城には見城にしかできないことがあるはずだと、男が説いてくる。

「ごめ…なさ……」

「いつでもこう素直ならいいんだが」

そんなふうに茶化されて、瞳に涙を滲ませながらも、懸命に睨む。だがそれは逆効果だったらしい。すでに息も絶え絶えな状態だったところへさらに挑まれるはめに陥って、見城はとうとう意識を混濁させた。

「こんなふうに朝を迎えたのは、おまえがはじめての相手だ」

カーテンの隙間から差し込む朝陽に目を細めながら男が零した呟きは、消え入る意識下、かろうじて見城の鼓膜に届く。

けれど、額に触れた温かなものに最後の意識をさらわれて、それが見城の記憶に刻まれることはついになかった。

after that

治安の悪化が叫ばれる昨今。しかしながら実情は少々違っていて、殺人事件の認知件数は、年々減少傾向にある。

ではなぜこれほどまでに、治安への不安や犯罪の凶悪化が印象づけられているのかといえば、それはすべからくマスコミ報道の弊害だ。

とはいえ、東京都内に限っても、年間で二十二万件以上の刑法犯罪が起きているのも事実で、警察官に休む暇などない。警察官ひとりが担当する案件数はすでに処理能力の限界に近く、それゆえのちに大きな事件に発展する事案が見過ごされ、多くの被害者を出してしまう結果をも生んでいる。

そんな事態に陥らないように、また、起きてしまった犯罪においては少しでも早く犯人を検挙すべく、捜査員たちは日夜、靴底をすり減らして捜査に駆けずりまわっている。

そんな警察職員たちが、正しく職務をまっとうできるように、管理監督する立場にある監察官もまた、己を律し、警察職員として正しく職務に当たらなければならない。

警察官にあるまじき行為には厳しく接し、職員の意識を正した上で、ときには懲罰をも言い渡す。

すべては、都民のため国民のため、犯罪捜査に情熱を燃やす同僚職員たちのため、間違った行いは正さなくてはならない。

監察という部署は、そのために置かれているのだ。

決して、捜査員の精神衛生と心の福利厚生のために、茶化されたり茶飲み話の相手になったり、ましてやセクハラの対象になるために存在するわけではない。

「鳴海《なるみ》刑事……‼」

ダンッと拳でデスクを殴りつけて、見城《けんじよう》は怒鳴った。

万年筆を持つ手がワナワナと震えている。

「あなたという人は……っ」

いったい何度、自分に同じセリフを吐かせたら気が済むというのか。

「いいですか！　あなたのやったことは違法捜査ですよ！　今度という今度は、どんな言い訳も屁理屈《へりくつ》も、通りませんからね！」

苛々《いらいら》と指先でデスクを叩きつつ、見城はもはや言い飽きてきたきらいのある言葉を紡ぎつづける。だというのに、この場に呼び出され、忠告を受けているはずの男は、口許に刻んだ笑みを消そうともせず、憤る見城を楽しげに眺めているのだ。

「鳴海刑事……っ！」

聞いているのかと、キッと睨み上げたときだった。

大股にデスクをまわり込んできた男が傍らに立って、見城の肩を抱くように身を屈め、間近に顔を覗き込んできたのは。

「……っ！」

仰け反って目を瞠るものの、肩を抱かれているから逃げられない。

「廉《れん》……っ」

潜めた声で諫めれば、男の端正な口許に浮かぶ笑みが深さを増す。

「お話は以上ですか？　監察官殿？」

その応えにムッと口を歪めれば、眼鏡の奥の瞳が細められる。

「一日でも早く遺族に朗報を届けたいんだ。これでカンベンしてくれ」

苦笑混じりの声と、それから唇で淡く鳴るキスの音。

「いつもいつも……っ、こんな手ばかりが通じると思ったら……っ」

「わかってる」

追及を遮るように今一度唇で淡い音がして、見城は瞬間的に目を丸め、その隙にドアへと去っていく男の背を睨んだ。見城の恨めしげな視線をサラリと受け流し、男はサッと片手を上げて、ドアの向こうへと消えてしまう。

「本気の本気で懲戒が下っても、もう知らないからなっ」

唇に残るキスの余韻に頬が熱くなるのを感じながら、それを発散させるように、大きく溜息をつく。最近はいつもこのパターンで誤魔化されてしまって、訓告も何もあったものではない。

「――ったくもうっ」

ひとしきり毒づいて、それからデスクの上の書類をとり、しばし眺めたあと、見城はそれ
を破り捨てた。

こなごなに千切られてゴミ箱行きになったのは、鳴海の名の書かれた監察書類。

見城の責任において、お咎めなしの判断を下す。

間違っているとは思わない。

自分は自分のやり方で、鳴海とは違う土俵で、犯罪と戦っていくと決めたのだから。

温泉観察

中尾《なかお》の事件は、一時的にマスコミを騒がせていたものの、そのあとすぐに地方で凶悪な連続殺人事件が起きたために、世間の感心はあっという間にそちらに向いてしまった。

このあとは、捜査になんらかの進展が見られるか、裁判がはじまりでもしない限りは、特別大きく報道されることもないのだろう。まったくこれだから犯罪の実情と世間の認識とが大きく食い違う事態が起きるのだと、見城《けんじょう》は溜息《ためいき》を否めない。

「巡査が大麻栽培だと？　まったくふざけてるっ」

ただでさえ理不尽に感じることが多いところへもってきて、上がってきた報告書類の内容に目を通した見城は、そのロクでもない事案に眉根《まゆね》を寄せ、苛立《いらだ》ち紛れに毒づいた。

「懲戒免職にしてやりたいところだが……」

実際には、休職処分中に本人の意思で辞職、といったところか。見城が厳しい処分を下そうとしても、上からストップがかかるに違いない。これが民間企業だったら、即刻解雇だろうに、まったくこの内部に甘い体質はどうにかならないものか。

いつ自分の身に降りかかってくるかしれないから、厳しい処分の前例をつくりたくないのだ。部下が処分されることで上にまでその余波がくるため、自分の経歴に傷がつくことを恐れて、上層部同士で根回しし合っている。

中尾の件にしたって、二課長にはたいした処分は下っていない。

その一方で、今回は運よく見逃してもらえたものの、運が悪ければ鳴海《なるみ》や闇田《ごうだ》にどんな処分が下っていたか……それを止める力は、自分にはまだない。それを悔しいと思うようになったのは、自分のこれからの人生において、プラスなのかマイナスなのか、見城にはまだよくわからない。

「こっちは……」

別の書類を手にとったとき、ノックの音が部屋に響いた。

「はい、どうぞ」

部下から訪問前の内線連絡はなかったが、急用だろうかと応じる。だが、周囲を憚《はばか》ることなく悠然とドアを開けて姿を現したのは、鳴海だった。

「れ……鳴海刑事？　何かご用ですか？」

呼び出しはかけていないはずだが？　と問えば、制止する間もなく、デスクをまわり込んできて、傍らに立つ。

思わず身構えた見城の耳元に、クスッと笑みが落ちてきた。

「そんなに怯《おび》えないでくださいよ、警視殿」

「……っ、べ、別に……っ」

ついつい挙動不審になってしまうのは、鳴海が怖いからではない。どうしても、ここで抱き合った夜のことを、思い出してしまうからだ。

肩を抱く腕に力がこもって、鳴海の顔が近づく。それに気づいて慌てて身を引き、その手をつれなくはたき落とすと、鳴海は大袈裟《おおげさ》に痛がってみせた。

「し、仕事中ですっ、やめてくださいっ」

「堅いな、志人《ゆきと》は」

「私は普通ですっ、あなたが……っ」

「わかった、わかった」

降参のポーズで見城の憤りを風のように受け流して、鳴海は背後の窓枠に腰をあずけ、軽く足を組む。まったく悪びれないその態度に、見城は深い溜息を誘われた。

何度も言うが、階級では自分のほうが断然上なのに、この態度はなんだろう。それをちゃんと注意できない自分もいけないのだけれど。

「で？　なんのご用ですか？」

「用がなきゃ会いにきちゃダメですか？」

「……っ、勤務時間中ですよ、用がないなら出てってください」

ふいっと顔を背けるように、デスクの後ろの窓に背をあずける男に向けていた身体《からだ》を、デスクに戻す。書類をとろうとした手を、後ろから掴《つか》まれた。

「……っ！」

息を呑《の》んでしまったのは、耳朶《じだ》に男の唇が触れたから。

「ダメだと、何度言ったら……っ」

諫《いさ》めようとしたら、摑まれた腕をずいっと目の前に差し出される。何かと思えば、袖《そで》をめくられ、腕時計が露《あら》わにされた。

「終業時間です」

見れば、時計の秒針が、終業時間を十数秒ほどすぎたところだった。

ほんっとうにこの男は屁理屈《へりくつ》ばっかり……！

キッと背後を睨《にら》み上げたら、ニコリと食えない笑みで返される。

「捜査本部が解散して、久しぶりにゆっくりできる週末なんですよ」

それが？　どうかしたというのか？

見城の視線に込められる問いくらい理解しているだろうに、鳴海はサラリと無視して、見城の身体を引き上げる。

「な、なんですかっ⁉」

「終業時間でしょう？　帰るんですよ」

「そんな……っ、私はまだ……っ」

「急ぎの案件でも？」

「い、いえ、それは……」

ここで、仕事が溜《た》まっているのだと、嘘《うそ》のひとつも軽くつければいいのだが、いかんせん見城は融通の利かない性格だった。

「ご自宅には、外泊の連絡を入れておいてください」

いい歳《とし》の大人相手に、まるで小娘のような気遣いをする。それが、自分の世間知らずなところを揶揄《からか》ってのものだとわかっているから、見城はムッと唇を歪《ゆが》めた。

「そんな必要ありません」

「そうですか。——では」

ぐいっと腕を引かれて、手を握られていることにいまさら気づく。

「ちょ……鳴海刑事！」

ここはまだ庁舎内だとまっとうな主張で応戦しても、聞く耳を持つ相手ではない。しかたなく握られた手を乱暴に振り払って、一歩距離をとる。

「に、逃げませんからっ」

苦笑を浮かべる端正な口許《くちもと》を睨みつつ吐き捨てれば、鳴海は肩を竦《すく》めることでそれに返して、一歩先に部屋を出た。

鳴海の車に乗せられて、いったいどこへ連れて行かれるのかと戦々恐々としていた見城だったが、やがて周囲が薄暗くなってきたことと、車の揺れとに眠りを誘われて、助手席で眠り入んでしまった。

額へのキスとともに身体を揺すられ、目覚めを促されたときには、夜の帳《とばり》はすっかり下りて、空には真ん丸い月がぽっかりと浮かんでいた。

「ついたんですか？」

瞼《まぶた》を擦《こす》って身体を起こし、車を降りる。いったいここはどこだろうかと訝《いぶか》る見城の視界が、温泉の文字を捉《とら》えた。宿の専用駐車場であることを知らせる看板には、隣県の電話番号が読み取れて、見城はだいたいの住所を察する。

「ここ……」

先に立って歩きはじめた鳴海は、慣れた様子で鄙《ひな》びた門をくぐる。

薄明るい外灯に浮かび上がるのは、モダン和風な温泉宿。高級感溢《あふ》れるその佇《たたず》まいは、気後れするほどの重厚感はないものの、宿泊客にひとときの非日常を与えるに充分な洗練された雰囲気がある。

客の姿を認めて出迎えに出てきた女将《おかみ》は、鳴海の顔を見て客に向けるものとは少し違う種類の笑みを浮かべた。

「いらっしゃいませ。ようこそおいでくださいました」

「世話になります」

荷物らしい荷物も持たずこんな場所に来るなんて…と、思うものの、女将や仲居の手前文句を言うこともできず、見城は鳴海のあとについて行くしかない。

案内されたのは、説明がなくとも、かなりランクの高い部屋だとわかる客室だった。渡り廊下で本館と繋《つな》がっているだけの、基本的に離れのつくりで、部屋風呂《ぶろ》のほかに露天温泉までついている。

ひととおり宿の施設と部屋の備品の案内をしたあと、ふたりに茶を煎《い》れつつ遅い夕食の確認をして、「ごゆっくり」と女将は部屋を出て行く。襖《ふすま》が閉まるのを待って、見城は向かいで悠然と茶を啜《すす》る男に問う眼差《まなざ》しを向けた。

「温泉に来るのなら、そう言ってくれればいいじゃないですか」

「この週末を逃したら、三カ月先までこの部屋は空いてないと言われたもので。――迷惑でしたか?」

「そんなことは……ないですけど」

どうにも鳴海との会話は、根本のところがズレている気がしてならない。自分の言葉にまともに返されたことがない気がしてしまうのは、絶対に気のせいではないように思う。

「食事の準備が整うまでに、ひと風呂浴びませんか?」

「……え?」

どうしたら…と、視線を彷徨《さまよ》わせていたら、卓をまわり込んできた鳴海に身体を引き上げられた。腕に囲われ、間近に視線を落とされる。

「食事の前にあなたを食べたいなんて、下品なことは言いませんよ」

「……⁉ 言ってるじゃないですかっ！」

真っ赤になって憤っても、やっぱり受け流される。そのまま腕を引かれて、脱衣所に連れ込まれてしまった。

「スーツが皺《しわ》になりますっ」

抗《あらが》っても、クリーニングに出しておけばいいからと聞き入れられない。

「自分で脱ぎますからっ」

腕を突っ張ったら、やっと男の手が離れた。その観察するような視線から逃げたくて、背を向ける。背後で立つ衣擦《きぬず》れの音にいちいち心臓が脈打つのを感じながら、なんとか最後の一枚も脱ぎ落として、置かれていたタオルを手にとった。

決死の覚悟で振り向いた見城は、目を見開いて固まってしまう。逞《たくま》しい裸身が、目の前にあったからだ。

「……っ！」

あのあと何度か、鳴海と夜をすごして、翌朝には一緒に湯にも浸《つ》かったし、裸を見るのもはじめてではないけれど、まともに思考がまわる状況で男の肌を目にするのははじめてだと気づく。これまでは、散々喘《あえ》がされてぐったりしたあとだったり、疲れきった翌朝でボーッとしていたり、見城の意識はクリアではなかった。

「温泉はタオル禁止ですよ」

惚《ほう》けていた隙《すき》に、前を隠すように握っていたタオルを奪われて、ハタと我に返る。

「……え？」

露わにされた白い肌を隠す間もなく腕を引かれて、露天温泉に連れ込まれた。おざなりに湯をかけられ、湯気を立てる岩風呂に引き込まれる。

「わ……っ、ちょ…と、……もうっ」

派手に飛沫《しぶき》が上がって、見城は眉を吊《つ》り上げた。——が、そのまま男の足の間に囲い込まれて、ぎょっと目を瞠《みは》る。

「志人」

胸を押し返そうとしたら、抑えた声で名を呼ばれて、腕に込めようとしていたはずの力をうっかりと抜いてしまった。

困ったような、怒ったような顔で長い睫《まつげ》を瞬《しばたた》かせ、見城は視線を逸《そ》らしてしまう。耳まで熱いのは、少々高めの温度の湯のせいだ。

「ホントに強引ですね。いつもいつも……」

ふう…と息を吐き出しながら、少々不服げに呟《つぶや》けば、湯に浸かっていた大きな手が見城の頬を捉えて、軽く力が込められた。何を求められているのかわからないわけではなかったので、抗わず顔を上げる。

眼鏡《めがね》に隠されていない鳴海の素顔は、湯気を吸って額に落ちかかる前髪とあいまって、いつもよりワイルドかつ軟派な印象を受ける。言動に容姿が追いついた、なんて表現は日本語としておかしい気もするが、見城の印象としてはそんな感じだ。

「嫌か？」

鳴海の口調が変わった。

「いいえ」

でも見城は、そんなに器用に自分自身を演じ分けることができない。

「だったら、眉間《みけん》の皺を消してくれないか？」

「これ…は……」

瞳《ひとみ》を揺らすと、男の口許が綻《ほころ》ぶ。

「恥ずかしい？」

怒っているわけではなく恥ずかしいのかと訊《き》かれて、そのデリカシーのなさに、見城は消すどころかさらに皺を深めてみせた。

そこに押し当てられる唇。

「……っ！　廉《れん》っ」

咎《とが》めるように名を呼べば、今度はその唇を塞《ふさ》がれた。

「……んっ」

啄《ついば》むように数度重ねられたあと、薄く開いた隙間から舌を差し込まれる。それを奥まで受け入れたときには、見城の身体からはすっかり力が抜け落ち、眉間に刻まれていた渓谷も姿を消していた。

くったりと男の肩に頬をあずけ、やわらかな湯のなかで身体を弛緩させる。

温泉という非日常空間が、見城の思考を鈍くしているらしい。こうやって湯のなかで身を寄せ合っていることを、いつの間にかあたりまえのものとして受け入れていた。

しっとりと濡《ぬ》れた見城の髪を弄《もてあそ》んでいた鳴海だったが、やああってその手がちゃぷんっと湯に沈む。それに気づいていたものの、全身の力を抜いてまどろんでいた見城は、その先の行為に思い至らなかった。鳴海の手が内腿《うちもも》から脚のつけ根を撫《な》でるに至って、ようやくその意図を悟る。

「……！　廉!?」

反射的に伸ばした手が鳴海の手を止める前に、見城の局部が大きな掌《てのひら》に包み込まれていた。

「や…ぁっ、あっ！」

上気した頬を、鳴海の唇が這《は》う。慣れた手が奥へと伸ばされて、湯に弛緩しきったその場所へ、ツプリと沈んだ。

「ダメ…だ、湯…が……っ」

「志人のここは狭いから、入ってこないさ」

「う…そ、ばっか…り……っ、あ…ぁっ！」

埋め込まれた指で、敏感な内壁を擦られる。抗いがたい熱が湧《わ》き起こってきて、見城は鳴海の首にすがった。不安定な湯のなかでは手足に力が入らず、男の肩口に額を擦りつけるくらいしかできない。

湯を汚してしまうと思ったら、湧き起こる熱に溺《おぼ》れることもできず、見城は広い背に爪《つめ》を立てた。その意図を察した鳴海が、見城を抱き上げる。ザバッと湯が溢れ出て、敷きつめられた石の床を新たに濡らした。

岩に手をつく恰好《かっこう》で、背後からおおいかぶさられる。

「あぁ……っ！」

夕餉《ゆうげ》の仕度のために出入りしているだろう女将や仲居の存在に気づける隙もないまま、見城は翻弄《ほんろう》され、立ち昇る湯気と男の情欲とにあてられた。

抑えた声でかわされる潜めた会話が、見城の意識を覚醒《かくせい》へと向かわせる。それが隣室から届くものであることに気づくと同時に、重い瞼を上げていた。

行灯《あんどん》の明かりがぼんやりと部屋を照らし、ふたつ並べられた布団の片方に、自分が寝かされていることに気づく。

『悪かったよ。無駄にしてしまって』

『どうせそんなことだろうと思ったわ。お膳《ぜん》は放っておいてくれていいから。明日《あす》の朝も簡単なものを用意したほうがよさそうね』

『そうしてもらえると助かる』

『そのかわり、お昼はうんとご馳走《ちそう》するわ。久しぶりにあなたの顔を見られたのだもの』

鼓膜が拾ったやりとりは、はじめはなんの引っかかりもなく耳を素通りしたものの、相手の女性の声が女将のものであることに気づいた途端、明瞭《めいりよう》に聞こえはじめた。

親しげな口調から、ふたりが以前からの知り合いであることがうかがえる。宿についたときの女将の笑みは、それゆえのものだったのだと気づいた。

だが鳴海は何も言わなかった。

女将は、仲居やほかの客の手前もあって態度を崩さなかったのだろうが、自分は鳴海から何も聞かされていない。

――どういう関係なんだろう……。

　そんなことを、行灯の明かりに照らされた襖をボーッと見つめながら考える。その襖の向こうで、ふたりは言葉をかわしているのだ。まるで見城が寝ている隙を狙《ねら》って、周囲を憚るように。

『そっちこそ、元気そうだな』

『この仕事は身体が資本なの。元気じゃなきゃやってられないわ』

『繁盛してるようで何よりだ』

『あなたが来てくれるのならいつだって部屋を空けるわ……と言いたいところだけど、特別室だけはなかなか…ね。でもほかの部屋でよければ、いつでも連絡してちょうだい』

　そのやりとりのあと、少し間があって、襖の開け閉めされる音。女将が部屋を出て行ったらしい。

　布団の上に身体を起こした見城は、自分が浴衣《ゆかた》を着せられていることに気づいた。少し乱れた襟元を整えていると、襖が開けられ、薄明かりに染まっていた部屋に隣室の明かりが差し込む。

「気がついたのか」

「すみません。お手を煩わせたようで」

「いや、無茶をしたのは俺だからな。腹が空《す》いてないか？　夜食を用意してもらってる」

「女将さんがわざわざ、ですか？」

ついそんなふうに聞いてしまって、「起きてたのか」と返された。

「すみません。盗み聞きするつもりでは……」

「いや。かまわないさ。女将のお手製だ。美味《うま》いぞ」

その言葉が、なぜかチクリと見城の胸を刺す。

隣室の卓には、夕餉の膳ではなく、籠《かご》盛りの軽食が用意されていた。部屋に満ちる香ばしい香りは、ほうじ茶のものだ。

夕食も取らないまま車を走らせて、宿についてすぐに湯に浸かってあんなことをしてしまったから、たしかに腹は空いている。なのにあまり空腹を感じないのはなぜだろう。

鳴海に勧められて、口をつけないのも申し訳なくて、見城は上品に味噌《みそ》の塗られた焼きおにぎりを半分に割り、もそりと口に運んだ。美味しいはずなのに、あまり味を感じない。湯あたりしたせいで思考が働いていないのだろうか。

ほうじ茶で無理やりに喉《のど》に流して、用意された夜食を半分ほど胃におさめる。

「呑むか？」

手酌で熱燗《あつかん》を呑んでいた鳴海に猪口《ちょこ》を差し出されて、首を横に振った。そのあとでハタと気づいて、腰を上げ、鳴海の傍らに膝《ひざ》をつく。「気づかなくてすみません」と断って、徳利《とっくり》を手にとった。だが、なぜか唖然《あぜん》とする空気を感じ取って、見城は顔を上げる。すると、らしくない表情を浮かべた鳴海の視線とぶつかった。

「いつもそうしてるのか？」と尋ねてくる。問いかけの意味をすぐに理解できず首を傾《かし》げた見城だったが、ややあって理解した。

「ええ。父とか兄とかに……自分があまり呑めないので、お酌役でもしていないと晩酌に付き合えないもので」

ふたりの関係を鑑みても、見城が酌をしなくてはならない謂《いわ》れはない。オンの関係ではまったく逆だし、オフの関係では互いに酌みかわせばいいだけのこと。だが、オフの空間で、気を許していたこともあって、つい外ではやらない行動に出てしまった。

「まったく呑めないのか？」

「いいえ。でも、ワインとかは平気なんですけど、日本酒とか焼酎とか……色のついてないお酒がちょっとダメみたいです」

「妙な体質だな」

聞いたことがないと笑われて、事実なのだからしかたないと見城は口を尖《とが》らせる。

「喉越しのいい酒だから、呑んでみないか」

「でも……」

「何か？」

「いや……」

一度は言葉を濁したものの、鳴海は口許に笑みを浮かべて、温泉に入ったあとでは、まわりが早いはずだと危惧《きぐ》する。

だが、猪口を差し出されて、少し躊躇《ためら》ったあと、見城はそれを受け取った。芳醇《ほうじゅん》な液体は注《つ》がれているときから香り高く鼻腔《びこう》をくすぐるものの、度数は存外と高いようで、ペロリと舐《な》めただけでカッと喉が熱くなる。

いつもなら、無理だと冷静に判断して、ここで猪口を返しているはずだ。だがこのとき、どういうわけか何かわけのわからぬものへの対抗心のようなものに駆り立てられた見城は、猪口になみなみと注がれた熱燗を一気に呑み干してしまった。

途端、全身が熱くなった。思考はハッキリしているが、心臓がバクバクと煩い。血流が速まっているのだと気づく。

「肌が白いから、赤くなったのが目立つな」

「だから嫌なんです。日本酒は」

接待の席などで酒に弱い姿を曝《さら》すのは結構恥ずかしいものだ。ある程度酒が呑めなければ仕事にならない、というのはもはや古い考えなのかもしれないが、老舗《しにせ》の日本企業や警察のような体育会系の組織においては、いまだにそうした風潮が根強く残っている。酒に弱い男は、出世も望めない。酒の席での腹を割った付き合いができないからだ。

思わず眉間に皺を刻むと、男の抑えた笑いが聞こえた。ムッとして傍らを睨み上げれば、笑みを湛《たた》えた眼差しとぶつかる。

「もう一杯ください」

「もうやめておいたほうがいい」

ずいっと猪口を差し出すと、やんわりと制された。それが気に食わなくて徳利に手を伸ばせば、それを遠くに下げられる。

「呑めます！」

「もう酔ったのか？」

「酔ってません！　……わっ」

強引に徳利をとろうとしたら、勢い余って男の上に倒れ込んでしまった。畳に肘《ひじ》をつく恰好で見城の身体を支えた鳴海の浴衣の襟元がはだけて、広い胸が露わになる。鍛えられた筋肉ののった太腿も。この逞しい腰が自分の奥深い場所を貫くのだと考えたら、ただでさえ速かった血流がますます速まって、見城は熱い息を吐き出した。

「どうした？」

「あ…の……、……っ！」

男が身体を起こそうとした拍子に、片方の腿を跨《また》ぐ恰好で乗り上げていた見城の狭間《はざま》が擦り上げられて、その事実が明るみに出る。身体を起こそうと畳についていた腕から力が抜けて、見城は再び男の胸に倒れ込んだ。

「さっきのじゃ、満足できなかった？」

頤《おとがい》をくいっと持ち上げられ、瞳の奥を覗《のぞ》き込むように問われる。カッと頬《ほお》が熱くなって、見城は瞳を伏せた。

「違……っ」

いったい何に欲情してしまったのか。見城の欲望は頭を擡《もた》げ、鳴海の脚に擦り上げられて震えている。

「もしかして、普通のやり方じゃ満足できなくなってるとか？」

「そんな…こと……」

ふるっと、首を横に振った。

普通じゃないやり方というのが何を指すのかわからなかったが、無性に恥ずかしくて消え入りたい気持ちに駆られる。

「最初のときと、同じようにやってみようか？」

「……？　最初……？」

口許に、なんとも言えない笑みを刻んだ男の手が取り上げたのは、卓の上に置かれていた携帯電話だった。

「あ……」

その意図を理解した見城の眦《まなじり》が朱に染まる。瞳は潤み、半開きの唇からは、熱い吐息が零《こぼ》れた。

「なるほど。どうやらやっぱり、こういうのが好きらしい」

言われたセリフにぎょっとして、慌てて首を横に振るものの、抗議の言葉は出てこなかった。

「教えたのは俺だからな。責任はとらないと」

「違……っ、廉……っ」

畳の上に引き倒されて、浴衣の裾《すそ》を割られた。

いまさらだが、下着を身につけていなかったことに気づく。脱いだものは全部クリーニングに出されてしまったのだろうから、当然だ。着替えも何も持たず、自分たちは宿にやってきたのだから。

乱れた浴衣の狭間から、白い太腿が覗く。膝を割られて、奥まった場所が露わにされた。

「いや…だ」

「嘘はいけないな。ここをこんなにして」

「……っ！」

泣きそうな顔で、男を見上げる。だが事実、見城の欲望は浅ましくそそり立ち、先端から厭《いや》らしい蜜《みつ》を滴らせはじめていた。

パシャリ！　と、携帯カメラのシャッターが押される。どんな姿が写されているのか、考えれば消え入りたいほど恥ずかしいというのに、身体は動かない。それどころか、太腿が

徐々に開いていく始末だ。

「廉……」

呼び声は濡れていて、早くと誘っているようだった。だが鳴海は、シャッターを切るばかりで、何もしてくれない。

「ひとりでも、気持ち好《よ》くなれるだろう?」

そんな不埒《ふらち》な言葉が鼓膜に届いて、まるで催眠術にでもかかったかのように、見城は自身の欲望に手を伸ばした。シャッターの音に鼓膜を焼かれながら、まるでファインダーの向こうの男に見せつけるように、行為に耽《ふけ》ってしまう。

「あ…ぁっ、……あぁっ!」

飛び散った白濁が、ツンと尖った胸の突起までを汚して、見城はしどけなく畳の上に横たわった。

カタリと音がして、シャッター音がやんでいることに気づく。おおいかぶさる影が視界を遮って、見城は無意識に男へ手を伸ばした。

「廉……」

早く…と、ねだるように男の首を引き寄せる。

吐き出した蜜に汚れた狭間に男の熱があてがわれて、見城は大きく息をついた。

乱れた浴衣もそのままに、畳の上で睦《むつ》み合う。

いかな非日常とはいえ、箍《たが》が外れすぎた己の言動の要因に気づけないまま、この夜見城は鳴海に言われるまま恥ずかしい行為に耽り、恥ずかしい言葉を口にして、かつてないほど乱れてみせた。


翌日、見城が目覚めたとき、時計の針はすでに正午を指していた。

「……」

ズキズキと痛む頭を抱え、布団の上でひとり身悶《みもだ》える。

お猪口一杯で二日酔いになれる自分もそうとうだが、だったらなぜ全部忘れていられないのか。いや、自分が忘れても男の記憶には全部残っているわけで、自分が覚えていないことを相手が覚えているというのもなんだか嫌だ。

『そろそろ腹を空かせて起きると思うから』

『そう。じゃあ一時間くらいあとに食べられるようにしておくわね』

『悪いね、いろいろと』

『可愛《かわい》い弟のためだもの。よく言うじゃない？　手のかかる子ほど可愛いって』

『なんとでも言ってください』

襖の向こうでは、先ほどからそんなやりとりがかわされている。

そのなかで、見城が一番に聞き取ったのは「弟」という単語だった。

――姉弟《きょうだい》？

そういえば……と記憶に刻んだ人事情報を引っ張り出す。鳴海の両親はすでに他界しているが、隣県に嫁いだ五つ年上の姉がいたはずだ。

そして見城は、嫌なことに気づいてしまった。

なぜ夜食が美味しくなかったのか。なぜ昨夜《ゆうべ》に限っていつもは呑まない日本酒を呑んでしまったのか。なぜあんな恥ずかしいことをしてしまったのか。

――あ、あんなこと……っ。

カァァ…ッと頬が熱くなって、それを隠すように両手でおおう。

襖の向こうでは、見城がまだ寝ていると思っているからだろう、潜めた声での姉弟のやりとりがつづいている。

『クリーニング、上がってきてるけど、どうする？』

『まだいいよ。どうせ着ないし』

『あらやだ。三日間、部屋から一歩も出ないつもり？』

『たまの休みは有効に使わないと』

呑気《のんき》なやりとりを聞いているうちに、見城の内にフツフツと何かが込み上げてきた。週末の予定を勝手に決められていることにも腹が立つ。

キッと顔を上げ、布団を出る。

パンッ！　と派手な音を立てて襖を開けた。

驚いた顔で姉弟が振り返る。そう言われてみれば、たしかに似ているではないか。派手な美形なところとか、鼻筋とか、そっくりだ。

ふたりの視線をものともせず、見城はあるひとつの目的に突き進む。だが、あと少しというところで、リーチの長い腕に阻まれてしまった。

「おっと」

目の前で取り上げられたのは、鳴海の携帯電話。昨夜撮られた厭らしい画像が山ほど保存されているはずのそれに手を伸ばそうとして、一瞬早くそれに気づいた鳴海が、サッと取り上げてしまったのだ。

「返してください！」

「俺のケータイだぞ」

腕を伸ばしても、軽く躱《かわ》されてしまう。

「廉！」

見城が飛びかかった拍子に、鳴海の手から携帯電話がすっぽ抜けた。時計を表示させていたのか、メールを打っている途中だったのか、そもそも開かれた状態だったそれは、女将の手のなかにポトリと落ちる。そのディスプレイを見た女将が、目を丸めた。

「あらまあ」

いったい何を見たのか。説明されずとも、見城にはわかった。カッと頭に血が昇って、グラリと眩暈《めまい》に襲われる。

「……！」

男の腕を抜け出し、女将の手から携帯電話を無理やり引ったくって、画像フォルダを弄《いじ》ろうとした。——が、

「もう全部パソコンに転送したぞ」

のうのうと言われて、手を止めてしまう。

「……！　な……っ」

振り返る前に、背後から歩み寄ってきた男の腕に細腰を搦《から》め捕《と》られて、女将の前だというのに、その胸に抱き寄せられてしまった。もがいてもどうにもならず、苛立ち紛れにその胸にドンッと拳《こぶし》を叩《たた》きつける。

ケホッと軽く咽《む》せたものの、鳴海は飄々《ひょうひょう》とした顔で、腕も解かない。そんな鳴海を制したのは、それまで傍観していた女将だった。

「廉、いいかげんになさい。こんな可愛らしい方を苛《いじ》めて」

そして、見城の手に握られたままの携帯電話をとり、今一度自分の目で確認したあと、そ

れを見城の目の前に突き出してきた。

「クラスにひとりはいたでしょう？　好きな子を苛めて、最後に大嫌い！　って言われてるおバカな男の子」

楽しそうな声が鼓膜を揺らすものの、見城の意識は携帯電話のディスプレイに向いていた。

「この子はその典型なのよ。許してやってね」

だが、そこに写されていたのは、見城が危惧していたような厭らしい画像ではなく……。

「これ……こんなの、いつの間に……」

携帯電話の待ちうけ画像として表示されていたのは、制服姿の見城だった。

「ごめんなさい。お若く見えたものだから、後輩の刑事さんを連れてきたのかと思っていたの。そうしたら階級章が見えて……びっくりしちゃったのよ」

さきほどの女将の驚きの声は、その画像から読み取れた、見城の階級章が警視を示していたことに驚いてのものだったらしい。

へナリ…と、見城の膝が頽《くずお》れる。その傍らに鳴海が片膝をついて、薄い肩を抱き寄せた。

それを見て、一件落着と判断したのか、

「お昼の膳を運んでも大丈夫そうね」

たくさん食べてちょうだいと微笑《ほほえ》んで、女将が部屋を出て行く。

襖の閉まる軽い音が鼓膜に届いてやっと、見城は冷静さを取り戻した。深い息をついて、それから、キッと傍らを睨み上げる。

「確信犯ですね！」

自分が女将に嫉妬《しっと》していることに気づいていて、あえて姉であることを明かさず、温泉で血行がよくなっているところへ、ろくろく呑めない酒を呑ませて、あんな恥ずかしい行為をやらせたのだ。

自分自身ですら、なぜ気分が沈んでいるのか、まったく気づいていなかったというのに。男は全部お見通しだったのだ。いや、もしかしたら、そこまで計算してこの宿に連れてきたことも考えられる。でなければ、最初に紹介してくれればよかったのだから。

「……もしかして、最初のときの画像も、まだ消してないいんじゃないですか？」

確信をもって問いかける。

あれほど何度も消してくれるように言ったのに！

だが鳴海は口許にニヤリと含みの多い笑みを浮かべただけで、肯定もしなければ言い訳もしない。

「廉……！」

拳を振り上げて飛びかかれば、含み笑いとともにそれを止められる。

「パソコンに銃弾、撃ち込まないでくれよ」

「そんなことしなくても、床に叩きつけて壊せば済みます！」

「じゃあ、その前にデータを救済しておくことにしよう」

「も……いいかげんに……っ」

罵声《ばせい》を紡ぐ唇は、下から掬《すく》い取るキスに塞がれた。浴衣の裾を乱して、畳の上を転がる。

「こんな男は御免か?」

ふいに落ちてきた言葉は奇妙なまでに真摯《しんし》で、見城はおおいかぶさる男を見上げ、長い睫を瞬いた。

「そんな訊き方、ずるい」

腕を伸ばして、首にしがみつく。はじめて自分から、憎らしい唇を塞いだ。

あとがき

こんにちは、妃川螢です。

シャレードさんではお久しぶりになってしまいました。この度は拙作をお手に取っていただき、ありがとうございます。

今回は汞りょう先生にイラストを描いていただけるということで、雰囲気ある派手目な設定かな～、それとも民族衣装とかファンタジーとかかな～、でもソッチ系はあんまり…、などとあれこれ考えていたら、担当様から「スーツ」という意外なリクエストがきまして、驚きつつもいそいそとプロットを立てさせていただきました。

そして、最後の最後に悩んで担当様にご相談申し上げたのが、オフィスエッチで乱されるべきはスーツか制服か、という実にくだらなすぎる案件だったのは、ここだけの内緒です（笑）（※担当様のご希望で制服になりました。笑）。

不遜な攻めと意地っ張りな受けカップルを書いたのも久しぶりでした。

楽しくセクハラしてみたり、オフィスでイケナイ行為に耽ってみたり、あまつさえ撮影まで…！　きっつい受けとカップルの攻めキャラにはなかなかさせてあげられないことを（笑）今回は思う存分させてあげられました。見城には災難でしたが、諦めてもらいましょうね（おいおい…）。

汞りょう先生、今回はお忙しいなか、ありがとうございました。

本文ラフはまだ見ていないのですが、制服姿の見城がどんな乱れっぷりを見せてくれるのか、今からとても楽しみです。またご一緒させていただける機会がありましたら、そのときはどうぞよろしくお願いいたします。

最後に告知関係を少々。

今後のお仕事予定等、妃川の活動情報については、HPの案内をご覧ください。カバーのプロフィール欄にURLを記載しています。新刊発刊時には企画などもご用意しておりますので、ぜひ遊びに来てくださいね。

ご意見やご感想、リクエストなど、お気軽にお聞かせいただけると嬉しいです。

それではまた、どこかでお会いしましょう。

二〇〇九年二月吉日　妃川　螢

本作品は書き下ろしです

妃川螢先生、汞りょう先生へのお便り、
本作品に関するご意見、ご感想などは
〒101-8405
東京都千代田区三崎町2-18-11
二見書房　シャレード文庫
「密愛監察」係まで。

CHARADE BUNKO

密愛監察《みつあいかんさつ》

【著者】妃川 螢《ひめかわほたる》

【発行所】株式会社二見書房
東京都千代田区三崎町2-18-11
電話　03(3515)2311[営業]
　　　03(3515)2314[編集]
振替　00170-4-2639
【印刷】株式会社堀内印刷所
【製本】ナショナル製本協同組合

落丁・乱丁本はお取り替えいたします。
定価は、カバーに表示してあります。

ISBN978-4-576-09042-9

http://charade.futami.co.jp/